Inge Meyer-Dietrich

Leben und Träume der Mimi H.

Henselowsky Boschmann

Inge Meyer-Dietrich ist seit 1986 freie Autorin, hat über 30 Bücher veröffentlicht, überwiegend für junge Leser. Zahlreiche Auszeichnungen im In- und Ausland, u. a. der Literaturpreis Ruhr für das Gesamtwerk. Zusammen mit Anja Kiel verfasste sie den Fantasyroman »Die Hüter des Schwarzen Goldes«. In ihrem Roman »Plascha – Von kleinen Leuten und großen Träumen« schildert sie das Leben einer Bergarbeiterfamilie im Ruhrgebiet in den Jahren 1917 bis 1919. Die Autorin lebt mit ihrem Mann in Gelsenkirchen; die drei Kinder sind erwachsen; beide Töchter ebenfalls schriftstellerisch tätig.
[www.ingemeyerdietrich.de]

Schützenstraße 31 · 46236 Bottrop
post@vonneruhr.de · www.vonneruhr.de
1. Auflage 2016
ISBN 978-3-942094-61-0
Umschlagfoto: Max Hasenclever
Druck: Friedrich Pustet GmbH & Co. KG
Verarbeitung: Print- & Medien-Management Junglas

Inge Meyer-Dietrich

Leben und Träume der Mimi H.

*»Nach und nach sind alle Spuren verwischt,
und vergessen sind nicht nur die Fußspuren ...«
Toni Morrison, Menschenkind*

Ruhrgebiet de luxe

Ich widme dieses Buch meiner Familie,
der kleinen und der großen.

Danken möchte ich:

Sarah
Für viel Inspiration und deine liebevolle Hilfe,
als ich den Faden verlor

Hannelore
Für unterstützende Telefonate
und deine Anmerkungen zum Brief.

Anja
Für dein kritisches Lesen »kurz vor Schluss«,
das mir sehr geholfen hat.

Mechthild
Für deinen Beistand bei der Familienrecherche.

Helmut
Du hast Ungereimtheiten aufgespürt
und Überflüssiges gestrichen.

Und nicht zuletzt Dank an Das Elend.
(Es weiß schon, warum.)

Sie spielen im Buch eine Rolle:

Mimi, 1887 geboren, Näherin
Heinrich, 1883 geboren, Schmied
Änne, Willi und Elisabeth, Mimis und Heinrichs Kinder
Pina, Mimis Mutter
Eduard, Mimis Stiefvater
Meta, Mimis Lieblingsschwester
Wilhelm, Mimis Bruder
Else, Heinrichs Mutter
Friedrich, Heinrichs Vater
Adi und Ewald, Heinrichs Brüder
Hanna, Mimis Freundin aus Schulzeiten
Ziska, Mimis Lehrmädchen und spätere Freundin
Konrad, Mimis Kostgänger und Ziskas späterer Mann
Fräulein Hoffmann, Mimis frühere Lehrerin
Jakob Hirsch, jüdischer Stoffhändler
Dr. Breuer, Heinrichs Arzt
Dr. Stern, jüdischer Krankenhausarzt
Gärtner Petschko
Nella, eingewanderte Polin
Plascha, Nellas Tochter
Dazu tauchen einige Verwandte und Nachbarn nur am Rande auf.

Für Mimi, Heinrich und die meisten Figuren gibt es reale Vorbilder. Sie haben viele der beschriebenen Geschehnisse tatsächlich so oder ähnlich erlebt. Ich habe mich ihnen auf fiktionale Weise angenähert, und dennoch sind sie wahr.

IMD, im Sommer 2016

1909–1912

Mimi blinzelt ins Licht. Jäh aufgescheucht aus Gedanken. Lieber würde sie in sanfter Dunkelheit weitergehen. Doch der Laternenanzünder tut nur seine Pflicht.

Mimis Augen brennen. Der Rücken schmerzt. So viele Stunden hat sie heute wieder an der Nähmaschine gesessen.

Ja, Mimi ist müde. Doch nicht die Müdigkeit allein lässt ihre Schritte langsamer werden. Je näher sie dem Zechenhaus kommt, umso öfter hält Mimi inne. Wenn es doch ein Zuhause wäre! Ein richtiges Zuhause. Sie erschrickt vor ihrem eigenen lauten Seufzer.

An der Haustür zögert sie noch einmal. Es hilft nichts. Sie muss hinein, wenn sie nicht auf der Straße übernachten will. Vielleicht hat sie ja Glück. Vielleicht schläft er schon. Vielleicht … Nein, er schläft nicht.

»Du kommst spät«, sagt er. »Hättest für deine Mutter den Abwasch machen können.«

»Lass nur, Eduard. Bin ja gleich fertig. Mimi hat doch auch einen langen Arbeitstag hinter sich.« Die Stimme der Mutter klingt weich. Ganz anders als die des Stiefvaters.

»Hast bestimmt Hunger. Es gibt noch Suppe.« Die Mutter begrüßt ihre älteste Tochter mit einem verstohlenen Lächeln. Trocknet schnell die vom Spülwasser aufgequollenen Hände an dem blauweißkarierten Grubentuch ab, das ihr über der Schulter hängt. Auf ihrer Stirn glänzt Schweiß.

»Hunger?«, blafft Eduard, und seine schmalen, fast schwarzen Augen funkeln. »Pina, glaubst du nicht, dass sie ihr genug zu essen gegeben haben, die feinen Leute, für die sie näht?«

Mutters erschrockenes Gesicht.

Mimi nickt nur. Was soll sie schon sagen? Dass die Leute, bei denen sie heute gearbeitet hat, nicht einmal auf die Idee gekommen sind, ihr etwas zu essen anzubieten? Und dass sie selbst nie, niemals darum bitten würde? Schließlich zahlen sie ja auch, die Leute, die so fein gar nicht sind.

Nein, lieber nichts sagen. Lieber hungrig ins Bett. Unter Eduards lauerndem Blick würde sie sowieso keinen Bissen runterbekommen.

»Hast du nach der Kammer bei Donneks gefragt?«, will er wissen.

»Ja.« Mimi zuckt die Achseln. »Ist schon an einen Kostgänger vergeben. Der kann mehr zahlen als ich.«

»Du kümmerst dich nicht genug. Wilhelm hat es doch auch geschafft.«

»Ja, Wilhelm!« Muss der Stiefvater ihr das schon wieder vorhalten? Mimi kann ihren Zorn nur mit Mühe unterdrücken. Nur aus Rücksicht auf die Mutter sagt Mimi nicht, dass sie lieber heute als morgen ausziehen würde wie ihr Bruder, um Eduards Sticheleien endlich zu entgehen.

Ja, lieber heute als morgen!

Aber allein leben, das ist nicht einfach für eine ledige junge Frau. Schon die Zimmersuche scheint aussichtslos, noch dazu, wenn eine so wenig Geld hat wie Mimi. Oft genug schläft sie ja schon bei Leuten, für die sie näht. Weil es eilt mit einem Brautkleid und die Aussteuer pünktlich fertig werden soll. Dann isst Mimi auch bei den Kunden.

Doch ganz gleich, wie selten sie zu Hause das Essen mit der Familie teilt oder sich schmal macht in den Betten der jüngeren Halbgeschwister, Mimi muss dem Stiefvater Monat für Monat fast ihren gesamten Lohn als Kostgeld abliefern. Darauf besteht er. Schließlich hat er sieben eigene Kinder, die versorgt sein wollen. Da kann er Mimi nicht auch noch durchfüttern.

Schweigend nimmt Mimi ein Trockentuch von der Leine überm Küchenherd und macht sich an den Stapel nasser Teller.

»Wenigstens etwas«, knurrt Eduard.

Die Mutter sieht Mimi dankbar an und scheuert den Kochtopf aus. Mimi nickt ihr zu. Die beiden haben gelernt, sich in Eduards Beisein mit Blicken und Gesten zu verständigen. Blicke und Gesten, für die er blind zu sein scheint. Schweigend arbeiten die Frauen Seite an Seite, bis Grete aus dem Schlafzimmer ruft.

»Ich geh schon.« Mimi läuft zu ihr. »Schschsch.« Sie streicht der Kleinen übers Haar.

»Durst«, klagt Grete.

»Ich bring dir was zu trinken.« Das verschwitzte Gesichtchen. Die heiße Stirn. Kein Zweifel, Grete hat Fieber.

Mimi holt ein Glas Wasser und lässt Grete in kleinen Schlucken trinken. Wäscht ihr Gesicht und Hände und macht Wadenwickel. *Schlaf, Kindchen, schlaf,* summt sie und legt sich zwischen Grete und Richard. Schon fallen ihr selbst die Augen zu. Ein kurzer Wortwechsel nebenan lässt sie aufschrecken. Dann schlägt die Haustür zu.

»Er sagt, dass er an die frische Luft muss«, murmelt die Mutter, als Mimi zu ihr in die Küche zurückkommt. »Wird ihm alles zu viel hier. Er braucht seine Ruhe nach der Arbeit.«

Er braucht Ruhe? Nur er? Und wir?

Mimi fühlt wieder Zorn in sich aufsteigen. Arbeiten wir denn nicht? Und er tut ja gerade so, als hätte Mutter Schuld daran, dass häufig eins der Kleinen krank ist. Als träfe sie die Schuld an der Enge hier. Warum macht Eduard ihr auch so viele Kinder?! Nein, das kann sie der Mutter nicht sagen. Was soll die schon tun? Philippina Brinker, genannt Pina, verwitwete Grube, verheiratete Schulte, von Beruf Ehefrau und Mutter. Dreizehn Kinder hat sie geboren. Neun leben noch.

»Seit wann hat Grete Fieber?«, wechselt Mimi das Thema.

»Weiß nicht.« Die Mutter stellt einen Teller auf den Tisch. »Sie war quengelig heute Abend. Hat keinen Bissen angerührt. Da dachte ich schon, dass sie was ausbrütet.«

»Ich schau gleich wieder nach ihr«, verspricht Mimi.

»Musst aber was essen, bevor Ede zurückkommt«, drängt die Mutter. »Ich seh dir doch an, dass du hungrig bist.« Ungeschickt streicht sie Mimi eine lose Haarsträhne aus der Stirn.

Mimi verschlingt die Suppe, die die Mutter für sie aufgehoben hat, und eine dicke Scheibe Schmalzbrot. Dann vergewissert sie sich, dass Grete ruhig schläft, bevor sie ins Bett schlüpft zwischen Rosa und Meta.

Schon hört Mimi den Stiefvater ins andere Schlafzimmer gehen, wo das Ehebett steht und auch die Zwillinge Franz und Fritz schlafen. Und Hugo, der Kleinste.

Mimi ist sich sicher, dass der Stiefvater sie vor allem deshalb aus dem Haus haben will, weil ihn die Zwillinge im Elternschlafzimmer stören. Die beiden an Mimis Stelle hier im Nebenzimmer unterzubringen, ist ihm vermutlich wichtiger als das Kostgeld. Dann hat er seine Ruhe nach der Arbeit. Und kann der Mutter noch mehr Kinder machen.

»Hab schon so auf dich gewartet«, dringt flüsternd die Stimme der kleinen Meta in Mimis Gedanken. »Weißt doch, ich hab Angst im Dunkeln.«

»Bin ja bei dir. Schlaf gut«, flüstert Mimi zurück. »Wenn ein böser Traum kommt, weckst du mich.«

»Du schlaf auch gut!« Meta schmiegt sich an Mimi.

Und bald schmilzt das Gefühl von Bitterkeit über den Stiefvater in der Wärme von Metas kleiner Hand, die sich voller Vertrauen in Mimis Hand schiebt.

Mimi lächelt in die Dunkelheit hinein, obwohl sie schon ahnt, dass es wieder eine der vielen unruhigen Nächte werden wird.

Durch die dünnen Fensterscheiben dringen die vertrauten Geräusche von der Zeche. Das Aneinanderknallen der Kohlenwagen. Die Schachtsirenen. Mimi nimmt das gerade noch wahr, bevor sie in einen leichten Schlaf fällt.

Jedes Mal, wenn Grete wimmert oder ruft, ist Mimi sofort bei ihr. Damit die Mutter nicht aufstehen muss. Durchschlafen kann die Arme sowieso nie, solange sie Hugo noch stillt. Durchschlafen kann auch Mimi selten.

Ein bisschen versteht sie den Stiefvater schon. Sie sehnt sich ja selbst oft nach Ruhe. Wünscht sich so sehr ein eigenes Bett. Ein richtiges Zuhause. Doch was wird mit Mutter, wenn Mimi tatsächlich auszieht?

Zum Glück muss der Stiefvater früh aus dem Haus. Erst nachdem sie ihn hat fortgehen hören, tastet Mimi sich vorsichtig zwischen den schlafenden Kindern hindurch aus dem Bett. Gießt Wasser in die Waschschüssel. Während sie sich wäscht und anzieht, schwirren ihr Erinnerungen aus der Kindheit durch den Kopf. Erinnerungen, in denen ihr Vater fehlt.

Ob er auch so gewesen sei wie Eduard, hat sie die Mutter einmal gefragt. Die hat nur den Kopf geschüttelt. Peter. Mimis richtiger Vater, dem sie so ähnlich sieht. Wie er lacht auf dem Hochzeitsfoto. Mimi konnte nie genug von ihm erzählt bekommen. Wie er sie und den Bruder auf seinen Schultern hat reiten lassen, und wie schön er Mandoline spielte. Wie beliebt er auf der Zeche war, und wie gerne er andere zum Lachen gebracht hat … Erzähl weiter, Mutter, hat Mimi immer wieder gebettelt. Aber sie weiß ja, wie es dann weitergegangen ist. Der Grubenbrand, bei dem ihr Vater starb. Durch eigenes Verschulden, wie es hieß. Eine Unterstellung. Die Kumpel aus seiner Kameradschaft hatten sogar den Mut, Einspruch zu erheben. Der war abgeschmettert worden, und die Mutter bekam keine Rente.

Die Zechenbarone geben von ihrem Reichtum nichts her, wenn es sich vermeiden lässt. Mit Putzen und Waschen für andere Leute hab ich uns durchgebracht. Bis Eduard mich zur Frau genommen hat, obwohl ich euch doch hatte, dich und Wilhelm. Dafür werde ich ihm immer dankbar sein.

So hat es die Mutter erzählt.

Wie erleichtert sie Ja gesagt hat, als Eduard um sie warb, kann Mimi sich vorstellen. Ob es Liebe war oder nicht. Sie hat es vor allem für uns getan, für Wilhelm und mich, denkt Mimi beschämt. *Und er ist doch auch ein guter Vater*, hat die Mutter beteuert.

Ein guter Vater? Nicht für Mimi. Wenn er bei Tisch vom Eintopf austeilte, gab er ihr immer die kleinste Portion. Wenn die Geschwister neue Kleider bekamen, taugten ihre alten in seinen Augen noch, obwohl Mimi längst herausgewachsen war. Ausgelacht hat man sie in der Schule. Wie oft hat sie geweint, lautlos, nachts im Dunkeln oder wenn sie glaubte, niemand würde es sehen. Wollte nichts mehr zu tun haben mit anderen Kindern. Nur Hanna hat sich nicht abweisen lassen. Hanna Kolpe, die immer schöne Kleider trug und über niemanden lachte.

Eduard hat Mimi geduldet. Aber ein Vater? Nein. Ein Vater war er ihr nicht.

Immerhin ist er treu, betrinkt sich nicht und ihm rutscht nie die Hand aus. So hat die Mutter den Stiefvater verteidigt. Das muss sie nicht mehr. Mimi hat längst aufgehört, sich über ihn zu beklagen.

»Mimi, was ist?«

»Ach, ich war bloß in Gedanken.«

Mimi setzt sich zur Mutter an den Tisch und gießt sich einen Becher heißen Muckefuck aus der blauen Emaillekanne ein. Wenn sie ihre Mutter ansieht, die Falten, die sich in die Stirn und um die braunen Augen gegraben haben, das früh ergraute Haar, der Rücken gebeugt von der vielen

Arbeit … Mimi kann es ihr nicht verdenken, dass sie das Leben mit Eduard beschönigen muss. Ob es nun Liebe ist oder nicht.

»Wegen der Kammer …« Die Mutter zögert. »Eduard wird schon nicht darauf bestehen, dass du ausziehst. Du weißt doch, was ihm dein Kostgeld bedeutet.«

Darüber will Mimi jetzt nicht nachdenken. Lieber noch einmal nach Grete sehen.

Als Mimi ins Schlafzimmer kommt, springt Meta aus dem Bett, um der großen Schwester Auf Wiedersehen zu sagen. »Nähst du mir ein Hochzeitskleid, wenn ich mal heirate?«, will sie wissen.

»Versprochen.« Mimi lacht. »Bis dahin kann ich noch ganz viel üben. Und du wirst die schönste Braut.«

Grete murmelt im Schlaf vor sich hin. Ihr Gesicht ist immer noch heiß.

»Kannst du heute überhaupt aus dem Haus, wenn die Kleine fiebert?«, fragt Mimi die Mutter.

Die zuckt mit den Schultern. »Jemand muss Ede mittags ja das Essen bringen.«

»Das kann ich doch. Bleib du bei Grete.«

Wie dankbar Mutter lächelt.

Also fragt Mimi bei ihrer Kundschaft, ob sie mittags für zwei Stunden freihaben dürfe, sie bliebe dafür auch länger am Abend. Das Kleid werde fertig, das könne sie versprechen.

Und dann läuft Mimi, so schnell sie kann, in einem Stück von Lütgendortmund nach Kirchlinde. Wie schon so oft, wenn Mutter nicht von zu Hause fortkonnte. Zur Zeche *Zollern II/IV,* wo der Stiefvater als Maschinenwärter arbeitet. Mimi bringt Eduard den wie immer von der Mutter frisch zubereiteten Eintopf. Sicher ist ein Stück Speck darin, Mettwurst oder Suppenfleisch, wie Eduard es gerne mag.

Er nimmt ihr den Henkelmann in der Schmiede ab, ohne ein Danke, wie meistens. Aber das kümmert Mimi heute nicht. Sie ist abgelenkt. Ein junger Schmied, den sie noch nie gesehen hat, arbeitet zusammen mit dem Stiefvater. Groß ist der Neue, hat kräftige Hände, die ordentlich zupacken. Und sanfte blaue Augen.

Als ihre Blicke sich treffen, spürt Mimi, dass sie rot wird. »Ich geh dann mal wieder«, sagt sie schnell.

Und er? Schaut nachdenklich ins Feuer.

»Träumst du, Heinrich?«, hört Mimi Eduard fragen.

Da ist sie schon aus der Tür.

Heinrich. Wovon er wohl träumt? Bild dir bloß nichts ein, sagt sie sich auf dem Rückweg, als ihre Füße nur so fliegen, und doch …

Freiwillig bringt Mimi dem Stiefvater in den kommenden Tagen das Essen, obwohl es Grete bald besser geht.

Der Fußmarsch, eine Stunde hin und eine zurück, zusätzlich zu ihren vielen Stunden an der Nähmaschine, fällt Mimi leicht wie nie. Es stört sie nicht, dass die Sonne um die Mittagszeit brennt. Es macht ihr nichts aus, an den Abenden noch länger zu arbeiten als gewöhnlich, um die Zeit nachzuholen, die sie mittags verliert. Und es ärgert Mimi auch nicht mehr, dass sie das Besohlen der Schuhe, die sie doch für den Stiefvater abläuft, selbst bezahlen muss.

Heinrich. Die paar Minuten, die Mimi ihn sieht, leuchten jedes Mal lange in ihren Tag. Machen ihn hell.

Ob es Heinrich umgekehrt auch so geht?

Muss es doch … Wie sonst kann es sein, dass er immer Pause hat zu der Zeit, wenn sie mit dem Henkelmann kommt? Oder dass er gerade dann zum Pferdestall will, Mimi aber vorher noch schnell zurück zum Zechentor begleitet? Sie immer ein Stück begleitet, wenn sie das Essen beim Stiefvater abgeliefert hat.

»Was für ein Zufall, dass wir uns so häufig begegnen.« Mimi sieht Heinrich herausfordernd an.

»Manchmal muss man dem Zufall nachhelfen.« Heinrich lacht übers ganze Gesicht.

In seinen Augen liest sie, dass sie ihm gefällt. Auch dem Stiefvater scheint zu gefallen, was er sieht. Und so wird Heinrich für einen Sonntag, an dem ausnahmsweise keiner von ihnen arbeiten muss, zum Kaffeetrinken eingeladen.

Die Mutter steckt Mimi heimlich ein Stück leichten Baumwollsatin zu. Aus Jakob Hirschs Laden. »Damit du dich schönmachen kannst für deinen Besuch.«

Mimi hat den Stoff bei Hirsch im Schaukasten gesehen. Niemand in der Stadt hat so feine Stoffe wie Jakob Hirsch. Mutter muss hinter Eduards Rücken gespart haben.

Grün ist der Satin, mit kleinen Streublümchen drauf. Mimi näht sich auf der Nähmaschine einer Kundin daraus ein Kleid. Es betont ihre schlanke Figur und passt zu den grünbraunen Augen. Ja, sie will schön sein für Heinrich.

Mimi backt ein großes Blech Apfelstreusel. Die langen dunklen Haare flicht sie zum Zopf, den sie zu einem dicken Knoten aufsteckt.

Die Stunden an diesem Sonntag dehnen sich. Wenn Mimi nur nicht so aufgeregt wäre.

Endlich, um drei, pünktlich auf die Minute, ein Klopfen an der Tür.

Heinrich steht da mit einem Blumenstrauß. Das Gesicht gerötet. Das Lächeln ein wenig verkrampft. »Für deine Mutter.« Er streckt Mimi die Blumen entgegen.

»Willst du sie ihr nicht selbst geben?«

Verlegen wirkt er, als er der Mutter den Strauß überreicht. Kornblumen, Margeriten und Tausendgüldenkraut. Weit muss er gelaufen sein, um die Blumen zu finden.

Dann sitzt er mit der ganzen Familie um den Tisch, und es sieht aus, als gehöre er schon dazu. Von allen Seiten stellen die größeren Kinder ihm Fragen. Ob er gerne Schmied sei? Ob er Fußball spiele? Ob er Geschwister habe?

Mimi ist viel zu unruhig, um alles mitzubekommen, was Heinrich sagt. Sie hört an seinem Tonfall, an seiner freundlichen Stimme, dass er die Fragen geduldig beantwortet. Etwas stockend manchmal. Reden ist nicht seine Stärke. Ihre ja auch nicht.

Dass er eine Zeit lang als Bergmann unter Tage gearbeitet habe, lässt sie aufhorchen. Und dass er dann doch lieber Schmied über Tage geworden sei.

Besser so, denkt Mimi. Muss ich weniger Angst um ihn haben. Denn unter Tage, was da alles passieren kann! Wie oft hat sie als Kind vom Feuertod ihres Vaters geträumt und ist schreiend aufgewacht.

Ihre Hände zittern ein wenig, als sie Heinrich ein Stück Kuchen auf den Teller legt. Er bedankt sich mit einem Lächeln, von dem ihr ganz warm wird.

Die Eltern haben nichts dagegen, dass sie und Heinrich später spazieren gehen wollen zum neu angelegten Volksgarten, der einmal ein schöner Waldpark werden soll.

Als Rosa und Meta mitkommen möchten, ist es ausgerechnet Eduard, der sie davon abbringt. »Die jungen Leute müssen auch mal unter sich sein«, sagt er energisch und wirft seiner Pina einen Blick zu, als erinnere er sich an alte Zeiten. Ob es vielleicht doch Liebe war?

Unterwegs erzählt Heinrich Mimi von seinen Eltern im Nachbarort Werne. Sie sind dort Pächter der Gastwirtschaft *Zur deutschen Flotte*, die schon seine Großeltern betrieben haben. Auch Heinrich wohnt noch zu Hause.

»Werne? Da hast du aber einen weiten Weg zur Arbeit«, wundert sich Mimi.

»Halb so schlimm. Wir wohnen nah an der Stadtgrenze zu Lütgendortmund. Und ich hab ja ein Fahrrad.«

»Werne kenn ich. Hab dort Kunden. Aber in Werne gibt es doch auch Zechen.«

Er nickt. »*Auf Heinrich Gustav* hab ich unter Tage angefangen. In der Schmiede war dann keine Stelle für mich frei. Später vielleicht, hat man mir gesagt. So hab ich zu *Zollern II/IV* gewechselt. Arbeite gerne da.«

»Und deine Eltern?«, fragt Mimi. »Sind sie nicht enttäuscht, dass du kein Gastwirt geworden bist?«

»Ich hab noch zwei jüngere Brüder. Ewald ist Kellner und Adi lernt Koch. Bin froh, dass die zwei die *Flotte* übernehmen wollen. Für mich wär das nichts.«

»Ich kann mir dich auch nicht hinterm Tresen vorstellen.«

»Nee. Lieber an Werkzeug und Maschinen rumtüfteln, statt Bier zapfen und mit Kundschaft klönen.«

Mimi muss daran denken, wie sie ihn in der Schmiede hat arbeiten sehen. Am liebsten hätte sie länger zugeschaut. Seine Hände, wie sie mit Werkzeug und Material umgehen. Wie sehr er bei der Sache ist. »Und mit dem Feuer spielst du wohl auch gerne?«

Sein breites Grinsen. »Ja. Die helle Flamme, die glühende Kohle, das Knistern, der Funkenregen … ach je, da komm ich ins Schwärmen.«

Warum denn auch nicht, denkt Mimi. Und dann hängen sie beide eine Weile ihren Gedanken nach. Mimi mag es, so still und selbstverständlich neben Heinrich zu gehen, im Einklang mit seinen Schritten. Nur manchmal sieht sie ihn beunruhigt von der Seite an. Mag er das Schweigen genauso wie sie? Oder langweilt er sich mit ihr?

Beim Volksgarten greift sie behutsam nach seiner Hand.

Er erwidert ihren Händedruck. »Mimi«, sagt er mit Staunen in der Stimme.

Die beiden treffen sich häufiger. Nicht mehr nur auf dem Zechengelände für ein paar gestohlene Minuten.

Mimi kann kaum glauben, dass ihr, die immer im Schatten gelebt hat, … nur nicht auf dich aufmerksam machen, sei still, mach dich klein, werde unsichtbar …, dass tatsächlich ihr das Aufleuchten in Heinrichs Augen gilt, sobald er sie sieht. Doch es gibt keinen Zweifel, so sehr sie auch fürchtet, dass die Hoffnung sich in Enttäuschung verwandeln könnte.

Wie Mimi es gewohnt ist.

Wie es doch zu ihr gehört.

Nein, diesmal nicht!

Wenn sie jetzt bei ihren Kunden an der Nähmaschine sitzt, spürt sie, dass die Hände noch schneller und sicherer über den Stoff gleiten als früher. Und die Füße bewegen das Pedal auf und ab mit einer Geschwindigkeit, dass das große Schwungrad kaum mitzukommen scheint.

Wie es in ihr jubelt, wenn sie und Heinrich spazieren gehen. Wenn er sie auf eine Tasse Kaffee einlädt. Wenn er wir sagt oder später.

Ob Heinrich sie zur Frau will? Tag für Tag traut sie sich mehr, an eine gemeinsame Zukunft zu glauben.

Dieses neue Gefühl, über das Mimi nur staunen kann, ist das Liebe? Dankbarkeit?

Hoffnung?

Von allem etwas. Und sicher Liebe. Die am meisten.

Wie freut sie sich, als Heinrich ihr auf der Kirmes eine Rose schießt.

»Für meine zukünftige Frau«, murmelt er mit einem verlegenen Lächeln, und Mimi hat das Gefühl, so rot zu werden wie die Blütenblätter der Rose.

Seine Frau. Seine Frau. Seine Frau. Die Worte tanzen in ihrem Kopf.

»Was hältst du davon, Mimi?« Heinrich hat Aussicht auf eine Stelle in Werne. Auf der Zeche *Heinrich Gustav.*

»Ich freu mich für dich. Dann hast du den kürzeren Weg zur Arbeit.«

»Ja. Obwohl ich mir keine schönere Zeche vorstellen kann als *Zollern II/IV.* Allein die prächtige Maschinenhalle. Da tut mir der Wechsel schon leid. Aber auf *Heinrich Gustav* zu arbeiten, erspart mir tatsächlich viel Zeit.«

Mimi nickt. »Nur … wenn wir uns sehen wollen …«

»Mimi, wir heiraten bald und suchen uns eine Wohnung in Werne.«

»Bald heiraten? Deine Eltern wissen nicht mal von mir.«

»Doch, ich hab ihnen von uns erzählt. Sie möchten dich kennenlernen.«

»Wissen sie auch, dass wir verschiedene Religionen haben?« Denn das macht Mimi schon länger Sorge. Heinrich ist katholisch, nicht evangelisch wie sie.

»Ich hab dir doch schon gesagt, mir ist es gleich, in welche Kirche wir gehen«, versucht Heinrich sie zu beruhigen.

»Dir ist es gleich. Aber deine Eltern …« Mimi denkt an Mutters Zweifel, als sie hörte, dass Heinrich katholisch ist.

»Meine Eltern wollen dich doch erst mal kennenlernen. Wenn du willst, gleich nächsten Sonntag. Nachmittags ist die Gaststätte geschlossen.«

Gleich nächsten Sonntag? Mimi durchfährt ein Schreck. Und wenn Heinrichs Eltern sie ablehnen, was dann?

Die Frage schwirrt ihr noch in der Nacht vor dem Besuch durch den Kopf, und Mimi hat kaum geschlafen, als Heinrich sie am Sonntag abholen kommt. Ihre Bedenken behält sie lieber für sich. Das ist auch nicht schwer, denn er redet auf dem Weg pausenlos. Von seinen Brüdern, die wieder Ärger hatten mit Männern, die seit dem Frühschoppen nach dem Hochamt am Tresen hockten. Ein Bier. Ein

Korn. Noch ein Bier … Dass sie laut wurden und nicht nach Hause wollten. »Dabei warten oft schon deren Frauen oder Kinder vor der Tür, um sie abzuholen.«

Mimi runzelt die Stirn. Warum erzählt er ihr das? Er, der sonst doch eher wortkarg ist.

Heinrich fängt ihren Blick auf. »Jetzt sind sie ja weg, und wir haben geschlossen«, erklärt er hastig. »Erst gegen Abend geht der Betrieb wieder los. Also ist jetzt genau die passende Zeit für ein Gespräch.«

Das Gespräch, vor dem Mimi bangt. Hat Heinrich auch Angst davor? Redet er deshalb so viel? Je mehr er redet, desto unruhiger wird Mimi.

»Wir haben schon viel von Ihnen gehört«, empfängt Heinrichs Mutter Mimi gleich bei der Begrüßung an der Tür. Sie sagt es freundlich, doch die graublauen Augen unter dem straff gescheitelten dunklen Haar blicken ernst.

Mimi sieht Heinrich fragend an.

Er zieht nur die Schultern hoch.

»Es spricht sich bis über die Stadtgrenze herum, was für eine tüchtige Näherin Sie sind, Mimi«, erklärt sein Vater. »Aber kommt erst mal rein.«

Der Vater ist ein großer breitschultriger Mann. Er sieht Heinrich ähnlich, doch sein Schädel ist bis auf den weißen Haarkranz fast kahl. Und die Augen sind von einem eher wässrigen Blau. Nicht so klar wie die von Heinrich.

Der Kaffeetisch in der Wohnstube ist mit feinem weißen Porzellan für sechs Personen gedeckt.

»Das sind Ewald und Adi«, stellt Heinrich seine jüngeren Brüder vor.

Die beiden mustern Mimi ohne Scheu.

Mimi schüttelt ihnen die Hände. »Heinrich hat mir verraten, dass ihr später die Gastwirtschaft übernehmen wollt.«

»Ich«, sagt Ewald. »Ich bin schließlich der Ältere.«

»Nein, ich«, protestiert Adi mit einem Grinsen. »Ich kann das besser. Du darfst mir dann zuarbeiten, Ewald.«

Dass die Brüder scherzen, nimmt Mimi etwas von ihrer Befangenheit. Sie hat als Gastgeschenk ein Deckchen genäht und mit Hohlsaum eingefasst.

»Ein Schmuckstück für unser Vertiko«, lobt Heinrichs Mutter.

»Schön, dass unser Ältester ein so tüchtiges Mädchen gefunden hat. Ich hab mit meiner Else ja auch Glück gehabt.« Der Vater schaut auf seine Frau, die Kaffee eingießt.

»Friedrich«, sagt sie streng, als ob sie ihn tadeln wolle. Aber sie lächelt kurz.

»Tüchtig und fleißig«, greift Heinrich die Bemerkung des Vaters auf. »Mimi schuftet oft bis spät in die Nacht.«

»Unser Heinrich hat mit dir ja wohl das große Los gezogen, Kompliment.« Ewald verbeugt sich vor Mimi mit gespieltem Ernst.

Heinrich lacht. »Warte erst mal, bis ihr sie richtig kennt.«

»Ach, das sieht man doch gleich.« Adi zwinkert Mimi zu.

»Man muss dem Herrgott dankbar sein, wenn man gesund bleibt und arbeiten kann.« Else schiebt Mimi ein Stück Kuchen auf den Teller.

»Das hat unser Pfarrer bei meiner Konfirmation auch gesagt.« So. Jetzt hat Mimi das schwierige Thema gleich angesprochen. Ihr Herz klopft so sehr, dass sie fürchtet, die anderen könnten es hören.

»Konfirmation. Aha.« Elses Mund ein schmaler Strich.

Schweigen am Tisch.

Ewald rührt in seiner Tasse.

Adi räuspert sich.

Heinrich löffelt Zucker in seinen Kaffee.

Du hättest es wissen müssen, meldet sich Mimis innere Stimme. Hoffnung verwandelt sich in Enttäuschung. So bist du es doch gewohnt.

Ja, sie hätte es wissen müssen. Sie hört kaum zu, als Else umständlich zu erklären beginnt, dass die Ehe für Katholiken heilig und ein Sakrament sei und ihre Kirche die Verbindung mit Andersgläubigen nicht anerkenne.

»Aber Mutter …«, will Heinrich dagegenhalten, doch sie unterbricht ihn brüsk. »Ich werde Mimi wohl noch fragen dürfen, ob sie katholisch werden könnte, wie es unsere ganze Familie ist. Damit sie richtig zu uns gehört. Wie eine Tochter.« Hilfe suchend wendet sie sich an ihren Mann. »Du wünschst es dir doch genauso, Friedrich?«

»Ja, ich wünsch es mir sehr.«

Mimi begreift, dass Heinrich nicht damit gerechnet hat, dass seine Eltern sie gleich heute vor eine Entscheidung stellen würden. Doch sie ahnt, was es für ihn bedeuten würde, wenn sie ablehnt. »Darüber muss ich nachdenken«, sagt sie leise. Die Worte der Mutter rauschen in ihren Ohren. Unsere ganze Familie … Wie eine Tochter … So schön das auch klingt, ist es nicht zu viel, was Heinrichs Eltern dafür verlangen?

Else gießt ihr Kaffee nach. »Überlegen Sie es in Ruhe«, sagt sie genauso leise.

Wieder ist es Adi, der Mimi über den Tisch hinweg zuzwinkert, bevor er sich an die Eltern wendet. »Wir sind zwar Wirtsleute, aber müsst ihr nur über bierernste Dinge reden?«

Sofort springt Ewald ihm bei. »Mimi erlebt bestimmt oft verrückte Sachen, wenn sie bei den Leuten näht.«

Mimi erzählt von dem Hund, den sie gerade noch daran hindern konnte, ihr einen halbfertigen Glockenrock von der Nähmaschine zu reißen. Und wie er sich mit den Pfoten im Stoff verheddert hat. Dabei steht ihr der Sinn kein bisschen nach lustigen Anekdoten, und sie ist nur halb bei der Sache. Sie schweift mit den Gedanken auch ständig ab, als noch dies und das geredet wird. Und obwohl über Religion kein Wort mehr fällt, atmet sie auf, als sie sich verabschieden kann. »Dann bis bald«, sagt Friedrich, und Else packt ihr Kuchen ein für die Geschwister.

Heinrich begleitet Mimi auf dem Heimweg. »Es tut mir so leid. Ich … ich hab nicht gewusst, dass ihnen die Kirche so wichtig ist. Das musst du mir glauben.«

»Und wie wichtig ist sie dir?« Mimi hört selbst, wie scharf ihre Stimme klingt.

»Mimi, das weißt du doch. Ich könnte ebenso gut …«

»Nein«, schneidet sie ihm den Satz ab. »Du würdest deine Familie verlieren, wenn du ohne den Segen deiner Kirche mit mir zusammenlebst.«

»Solange ich dich nicht verliere …«

Hab ich denn eine Wahl?, fragt sich Mimi.

Wird Heinrich stark genug sein, zu ihr zu stehen? Und sie? Wird sie es aushalten können, von seinen Eltern abgelehnt zu werden? Schon wieder abgelehnt zu werden?

Heinrich will Mimi an sich ziehen. Doch sie weicht seiner Umarmung aus. »Ich bin durcheinander. Lass mir Zeit, Heinrich. Bitte.«

»Und wie soll es jetzt mit uns weitergehen?«

»Ich sag's dir, wenn ich mich entschieden habe.«

Sie sieht ihm nach, wie er langsam davongeht, den Kopf gesenkt. Und auch wenn sie ihn am liebsten zurückrufen würde, sie kann nicht. Nein. Sie kann einfach nicht. Sie ist nahe daran zu weinen.

»Was würdest du an meiner Stelle tun?«, fragt sie ihre Mutter, nachdem sie vom Besuch bei Heinrichs Familie erzählt hat.

»Wenn ich das wüsste. Ich weiß nur, dass du es bist, die ihre Kinder in einem Glauben erziehen soll, der dir fremd ist.«

»Aber glauben wir nicht alle an denselben Gott? Macht es überhaupt einen Unterschied?«

»Mag sein. Übrigens … Fräulein Hoffmann war hier und hat nach dir gefragt. Sie möchte, dass du ihr Vorhänge nähst.«

Fräulein Hoffmann, Mimis inzwischen pensionierte Lehrerin. Wie gerne ist Mimi zu ihr in die Schule gegangen. Und seit sie gelegentlich für sie näht und sie besser kennt, mag sie die alte Frau noch lieber.

»Du siehst niedergeschlagen aus.« Fräulein Hoffmann zieht Mimi neben sich auf das Sofa. »Willst du mir nicht sagen, was dich bedrückt?«

Mimi nickt. Sie möchte so gerne loswerden, was ihr immerzu im Kopf herumgeht. »Ich liebe einen Katholiken, und für seine Eltern kommt nur eine katholische Trauung infrage.«

»Dann müsstest du seine Religion annehmen.«

»Ja. Da will mir eine Familie geben, wonach ich mich immer gesehnt habe. Dazugehören, nicht nur geduldet sein. ›Wie eine Tochter‹, haben sie gesagt. Der Stiefvater hat mich nie Tochter genannt. Aber katholisch werden …« Mimi stößt einen Seufzer aus.

»Eine schwere Entscheidung«, meinte Fräulein Hoffmann.

»An den strengen Gesetzen ihrer Kirche können Heinrichs Eltern ja nichts ändern. Doch meine Kinder in einem anderen Glauben erziehen … ich weiß nicht.«

Wenn es wirklich einen Gott gibt, geht es Mimi durch den Kopf, und, nein, nein, weist sie sich zurecht, nicht daran zweifeln!

»Für den Allmächtigen irgendwo da oben macht es vermutlich keinen Unterschied, ob ich in der evangelischen Kirche zu ihm bete oder in der katholischen.« Mimi sieht Fräulein Hoffmann fragend an.

»Das glaube ich auch. Es ist ein und derselbe Gott. Und wie du ihn einmal deinen Kindern nahebringst, wirst du wissen, wenn es soweit ist.« Fräulein Hoffmann betrachtet Mimi liebevoll durch ihre dicken Brillengläser. »Meine Güte, jetzt heiratest du, Mädchen. Ich seh dich immer noch vor mir als Schülerin mit Zöpfen. Hab ja gehofft, du würdest Lehrerin werden wie ich. Das Zeug dazu hast du, und mit Kindern kannst du umgehen … Entschuldige«, unterbricht sie sich. »Du willst einen Rat, und ich komm dir mit den Träumen einer alten Frau.«

Es waren auch einmal meine Träume, denkt Mimi. Es versetzt ihr noch immer einen Stich. Eduard hatte es nicht erlaubt. Wilhelm, obwohl sein Stiefkind wie sie, ja, der durfte zur Bergschule gehen und Steiger werden. Für einen begabten Jungen keine Frage. Sie war eben nur ein Mädchen. Alles Aufbegehren hatte ihr nichts genützt. Dass sie zu einer Schneiderin in die Lehre kam, einer Cousine von Eduard, hatte ihn nichts gekostet. Und Mimi war das immer noch lieber gewesen, als Fabrikarbeiterin werden zu müssen oder in Stellung zu gehen.

»Das Nähen macht mir doch auch Freude. Immer mehr sogar.« Mimi springt auf und schaut sich das fast fertige Bild auf der Staffelei an, die nah beim Fenster steht. »Sie malen wieder. Ein Bild mit genauso leuchtenden Blumen haben Sie uns damals ins Schulzimmer gehängt.«

»Ich bin ja allein und hab jetzt viel Zeit. Auf der Leinwand wehre ich mich gegen das Schwarz und Grau draußen. Gegen Ruß und Qualm und trostlose Bergehalden.«

»Sie malen sich die Welt bunt. Schön, wenn man das kann.«

Während Mimi die Vorhänge säumt, denkt sie daran, wie hell ihre grauen Tage geworden sind, seit sie Heinrich kennt. Wie viel Farbe er in ihr Leben gebracht hat. Wie viel Hoffnung.

Fräulein Hoffmann geht wieder an ihre Staffelei. »Was macht eigentlich Wilhelm?«, fragt sie. »Arbeitet er noch im Harz?«

»Ja. Als Steiger in einem Erzbergwerk.«

»Ihr wart euch als Kinder sehr nah.«

»Ich hätte zu ihm nach Clausthal gehen können. Aber dann wäre ich ihm vielleicht zum Klotz am Bein geworden. Und jetzt will ich erst recht nicht mehr weg von hier.«

»Also weißt du schon, was du tun wirst?«, fragt Fräulein Hoffmann nach längerem Schweigen.

»Ich glaube«, sagt Mimi, »ich lass mich umtaufen.«

Das Lächeln ihrer Lehrerin nimmt sie mit. Und das, was Fräulein Hoffmann beim Abschied sagt: »Es hat mir immer gefallen, dass die Katholiken die Mutter Gottes verehren. ›Heilige Maria, bitte für uns‹, beten sie.«

Auf dem Rückweg kommt Mimi an der Sankt Maria-Magdalena Kirche vorbei. Nach kurzem Zögern steuert sie auf die Tür zu, drückt sie auf und geht hinein. Ihre Augen gewöhnen sich an das Dämmerlicht. Sie entdeckt zwei alte Frauen, die in einer der Bänke knien. Ihre Lippen bewegen sich lautlos. Eine der Frauen lässt eine Perlenschnur mit einem kleinen Kreuz durch ihre Finger gleiten. Dass die Sonne in diesem Augenblick eins der Kirchenfenster zum Funkeln bringt, erscheint Mimi wie ein Willkommensgruß. Und dann beginnen auch noch die Glocken zu läuten.

Leise verlässt sie die Kirche. Heilige Maria, bitte für uns, wiederholt Mimi langsam im Kopf. Zur Gottesmutter zu beten, das könnte ihr auch gefallen. Und sie will Heinrich die Antwort geben. Heute noch.

»Mimi, was für eine schöne Überraschung. Adi und Ewald sind zum Geburtstag bei einem Freund. Aber Sie essen doch mit uns?« Else stellt schon während ihrer Frage einen Teller für Mimi auf den Tisch.

»Ich hab mich entschieden«, sagt Mimi atemlos.

Einen Moment lang ist nur das Ticken der Wanduhr in der Küche zu hören.

Heinrich sieht Mimi erwartungsvoll an.

Kurz überfällt sie noch einmal Zweifel. Dann holt sie tief Luft. »Ich werde katholisch.«

»Du … bist dir wirklich sicher?«, fragt Heinrich vorsichtig nach.

Mimi nickt. »Es ist das Beste für uns.«

»Die richtige Entscheidung.« Else seufzt zufrieden.

»Ich hab mir doch immer schon eine Tochter gewünscht«, sagt Friedrich. »Darauf müssen wir anstoßen.« Er geht eine Flasche von seinem selbstgemachten Johannisbeerwein aus dem Keller holen.

»Den gibt es nur zu ganz besonderen Anlässen«, verrät Else Mimi.

»Du machst mich so froh. Am liebsten würde ich dich gleich morgen heiraten«, flüstert Heinrich Mimi halblaut zu, als ihre Gläser aneinanderklingen.

Ich dich doch auch, denkt Mimi. Vor seinen Eltern fühlt sie sich zu gehemmt, um das laut zu sagen. Aber wenn sie erst einmal ihre Tochter ist …

»Wir gehen zusammen zu unserem Pfarrer. Und sobald du katholisch bist, bestellen wir das Aufgebot für die Trauung.« Heinrichs Augen strahlen, in seiner Stimme summt es vor Freude. Mimi ist, als brächte er das ganze Zimmer zum Leuchten. Und sie fühlt eine innere Wärme, die kommt nicht nur vom Johannisbeerwein. Dazugehören. Am liebsten gleich morgen. Dazugehören. Am liebsten gleich morgen … Die Worte wiederholen sich in ihrem Kopf wie der Refrain eines Liedes. Und als Heinrich sie nach Hause bringt, gehen sie schweigend Hand in Hand.

Heute ist Mimi ganz sicher, dass ihn das Schweigen nicht stört. Zum Abschied umarmt er sie fest und sagt noch einmal: »Du machst mich so froh.«

Die Mutter und Eduard sitzen am Küchentisch, als Mimi in die Wohnung kommt. »Setz dich zu uns«, sagt die Mutter. »Wir haben schon auf dich gewartet.«

»Wollen doch wissen, was jetzt wird mit Heinrich und dir.« Eduard klopft seine Pfeife aus.

»Du hast dich entschlossen, Mimi«, sagt die Mutter. »Das seh ich dir an.«

»Ja. Ich hab mit Fräulein Hoffmann gesprochen. Sie meint auch, dass es keinen Unterschied macht. Gerade war ich bei Heinrich und seinen Eltern.«

»Dann wirst du also katholisch«, sagt die Mutter langsam. »Es wird schon richtig sein. Ich hab auch noch mal nachgedacht. Ihr gehört zusammen, du und Heinrich. Das sollte an der Religion nicht scheitern.«

»Also kommt jetzt alles in Ordnung.« Eduard lehnt sich auf seinem Stuhl zurück. »Hauptsache, ihr könnt heiraten. In welcher Kirche, das ist doch egal.«

Und als Mimi später zwischen Rosa und Meta im Bett liegt und durchs Fenster in den Nachthimmel guckt, da hat sie Heinrichs Stimme noch immer im Ohr: Am liebsten gleich morgen. Am liebsten gleich morgen.

An den Sonntagen geht Mimi jetzt mit Heinrich und seinen Eltern in den katholischen Gottesdienst. Lernt die Rituale, die Lieder und die Gebete kennen. »An den Weihrauchduft muss ich mich erst gewöhnen«, gesteht sie Heinrich. »Davon wird mir immer ein bisschen schwindelig.«

Der Pfarrer nimmt sich Zeit für Mimi. »Umgetauft werden Sie nicht«, klärt er sie auf. »Sie sind ja schon eine getaufte Christin. Unser Bischof muss dem Religionswechsel zustimmen. Reine Formsache. Das geht schnell.«

Und so wird Mimi schon bald während einer Messfeier in die katholische Kirche aufgenommen.

Nach der Zeremonie ist sie bei Heinrichs Eltern eingeladen.

»Jetzt gehörst du richtig zu uns.« Else wischt sich über die Augen. »Warte, ich hab was für dich.« Sie geht zum Vertiko und kommt mit einer Schatulle zurück, die drückt sie Mimi in die Hand.

Gespannt öffnet Mimi die kunstvoll verzierte lederne Schachtel. Eine glänzende Goldkette mit einer weißen Perle als Anhänger liegt darin.

»Für unsere Tochter«, sagt Else feierlich. »Ein Familienerbstück. Die Kette hat schon Heinrichs Großmutter gehört. Jetzt gehört sie dir.«

»Oh …« Mimi ist so überrascht, dass ihr die Worte fehlen.

»Gefällt sie dir?«

»Sie ist wunderschön. Danke. Ich werde sie zur Hochzeit tragen.«

»Aber anprobieren musst du sie gleich.« Heinrich nimmt Mimi die Kette aus der Hand und legt sie ihr um. Behutsam und zärtlich.

Da fehlen Mimi schon wieder die Worte. Heilige Maria, denkt sie, als ob sie es schon von Kindheit an getan hätte. Heilige Maria, ich danke dir!

Mimi ist unterwegs zu Kolpes Bauernhof in Werne. Es gebe einiges zu flicken, hat die Bäuerin ihr ausrichten lassen.

Dass es überhaupt noch einen Bauernhof gibt, so nah bei den Fabriken mit hohen Schornsteinen. Den Zechen mit ihren gewaltigen Fördertürmen. Den Kokereien und den Hochöfen, in denen das Feuer Tag und Nacht brennt. Darüber wundert sich Mimi auch heute wieder. Und wie es hier duftet nach frisch gemähtem Gras.

Kolpes sind nicht Mimis Lieblingskunden. Die große Stube, in der sie dort nähen muss, ist vollgestellt mit Möbeln und düster, die Bäuerin wortkarg und der Bauer ein eher harter Mann.

Aber als Mimi jetzt in den Hof einbiegt, hört sie eine helle Stimme singen. Das kann nur Hanna sein.

»Du brauchst heute nicht zu flicken. Das hat Zeit. Du musst mir ein Kleid nähen«, sagt Hanna, nachdem sie Mimi umarmt hat. »Ich hab's mit der Mutter besprochen. Die Eltern sind zu Vaters krankem Bruder gefahren. Sie haben mir solange den Hof anvertraut.«

»Hast du schon Kleiderstoff?« Mimi will sofort anfangen.

»Hab ich. Aber …« Hanna zieht Mimi mit sich in die Küche. »Jetzt trinken wir erst mal Kaffee. Brot hab ich auch gebacken. Mal sehen, ob es genießbar ist.« Hanna lacht, und Mimi kann gar nicht anders als mitlachen. Ja, selbst die stille Nella, die gerade Fenster putzt, stimmt in das Lachen ein.

Hanna besteht darauf, dass Nella eine Pause macht und mit ihnen frühstückt. So großzügig und freundlich ist Hanna. Auch zu den Leuten, die für sie arbeiten, denkt Mimi. Hanna macht keinen Unterschied zwischen Deutschen und Polen, wie es so viele andere tun, die abfällig über die Polacken reden.

Nella und ihr Mann Ignaz stammen aus Posen. Anwerber der Bergwerke hatten ihm ein verlockendes Angebot gemacht. So war er mit seiner Nella ins Ruhrgebiet gekommen, auf der Suche nach einem besseren Leben. Er arbeitet schon lange als Hauer auf der Zeche. Und Nella mit den dunklen Augen und dem kastanienbraunen Zopf hilft manchmal auf Kolpes Hof beim Putzen, bei der Wäsche oder in der Küche. Ihre drei Töchter lässt sie dann bei einer polnischen Nachbarin.

Zum Bohnenkaffee und dem noch warmen Brot gibt es goldgelbe Butter und geräucherten Schinken. Da läuft Mimi schon beim Anblick das Wasser im Mund zusammen.

Nach dem Frühstück fällt die Arbeit umso leichter. Und Kolpes gute Stube ist gar nicht mehr düster, wenn Hanna von ihrer Arbeit beim Tierarzt erzählt. Im Oberbergischen, wo auch die alten Eltern der Bäuerin leben. Es ist nicht mehr düster, wenn Hanna und Mimi sich mit »Weißt du noch, damals mit unserem lieben Fräulein Hoffmann« an die Schulzeit erinnern.

»Und jetzt, Mimi, sag, was gibt es Neues bei dir?«

Mimi nimmt die Stecknadeln aus dem Mund. »Eine Hochzeit, schon bald.«

»Deine Hochzeit?«

Mimi nickt.

Da will Hanna alles ganz genau wissen über Heinrich und seine Familie.

Mimi muss den Kleiderstoff erst mal beiseite legen, um die vielen Fragen zu beantworten.

»Wie aufregend! Du heiratest, Mimi.«

»Und ich ziehe nach Werne. Den Stiefvater vermiss ich bestimmt nicht. Aber weg von Mutter und in eine neue Gemeinde, das fällt mir nicht leicht.«

»Du tust ja gerade, als ginge es in fremdes Land. Dabei grenzt Lütgendortmund doch an Werne. Du hast Kunden hier wie dort. Auf unseren Hof kommst du seit Jahren. Und wir zwei sind in dieselbe Schule gegangen.«

»Stimmt schon, Hanna. Nur … ich kann noch immer nicht ganz glauben, dass das alles kein Traum ist, der beim Aufwachen zerplatzt.«

»Ich weiß, wovon du sprichst, Mimi! Denn ich, keinem verraten, ich hab auch einen Liebsten. Wir sind schon heimlich verlobt.«

»Heimlich?«, wundert sich Mimi.

»Vater weiß es noch nicht. Der wünscht sich einen reichen Erben für mich, der später auch noch den Hof hier übernimmt.«

»Und deine Brüder? Franz bleibt doch nicht ewig beim Militär?«

»Das ist es ja eben. Er will nicht zurück. Vaters Ältester, auf den er immer so stolz war, will lieber beim Militär Karriere machen. Und Karl liebäugelt mit der Politik.«

»Das wusste ich nicht.«

»Meine Eltern halten das ja auch geheim. Sie schämen sich dafür, dass keiner der Söhne den Hof übernehmen will. Und mein Thomas, der ist zwar Bauer, aber Geigenbauer, stell dir vor.« Hanna lacht wieder und wirft dabei den Kopf in den Nacken.

»Geigenbauer. Muss ein schöner Beruf sein.«

»Sag das mal Vater. Der hat nur seinen Hof im Sinn. Kein Interesse an Musik.«

»Du wirst dich schon durchsetzen, wenn du deinen Thomas liebst. Ich kenn dich doch.«

»Ja«, sagt Hanna ernst. »Ich liebe ihn. Und du glaubst nicht, wie glücklich er mich macht.«

Doch. Das glaubt Mimi. Sie braucht nur an Heinrich zu denken.

Endlich seine Frau sein … Wenn bloß die Hochzeitsnacht nicht wäre. Der Gedanke macht Mimi beklommen. Sie muss die Mutter danach fragen, auch wenn es ihr schwerfällt. »Mutter …«, beginnt sie, aber dann wollen ihr die Worte nicht schnell genug über die Lippen.

Der Stiefvater platzt in die Küche, und die Gelegenheit zu fragen ist vertan. Dennoch: Es ist Sommer, hell, und das Leben leicht.

»Das Kostgeld behalt man ab jetzt«, brummt Eduard und lächelt dabei, als Mimi wie üblich ihren Lohn abliefern will.

Sie kann vom eigenen Geld bei Jakob Hirsch Stoff kaufen gehen. Für ein schlichtes weißes Brautkleid, für Tischdecken, Handtücher und Bettwäsche. Eine ordentliche Aussteuer soll es sein, die sie ihrem zukünftigen Mann mitbringt. Alles soll schön sein für die Wohnung, die sie und Heinrich in Aussicht haben. Es wird noch dauern. Wohnungen sind knapp, seit immer mehr Menschen ins Ruhrgebiet drängen. Doch Heinrich steht schon auf der Warteliste für eine kleine Wohnung in der Zechensiedlung *Deutsches Reich*. Die Siedlung gehört zum Bergwerk *Heinrich Gustav,* wo er jetzt arbeitet.

Es juckt Mimi in den Fingern, sich ihr Brautkleid selbst zu nähen. »Um Himmels willen«, protestiert die Mutter. »Das bringt Unglück. Jeder Stich eine Träne. Du kennst doch den Brauch. Und muss es ein weißes Kleid sein? Du willst es ja vielleicht später auch zu anderen Gelegenheiten tragen.«

»Dann kann ich es immer noch mit farbigem Stoff absetzen oder ihm einen bunten Kragen verpassen.« Ja, Mimi will ein weißes Kleid, obwohl das eher bei reichen Leuten üblich ist. Im photographischen Atelier von Adam Bischoff hat sie die Aufnahme von einer Braut gesehen und gleich gewusst: So ein Kleid, wie die es trägt, das möchte ich. Genau so eins.

Und jetzt schafft Mimi es auch endlich, nach der Hochzeitsnacht zu fragen. Die Mutter druckst ein bisschen herum, obwohl sie doch zweimal geheiratet und dreizehn Kinder geboren hat. »Es tut etwas weh«, sagt sie verlegen. »Aber er wird schon vorsichtig sein, dein Heinrich.«

Der Zuschnitt des Brautkleids gelingt Mimi auf Anhieb. Und die junge Schneiderin, mit der sie bei Eduards Cousine Lehrmädchen war, bekommt das Kleid akkurat so hin wie das auf dem Foto von Adam Bischoff.

»Ach, und wenn ich erst Kinderkleidchen nähen und kleine Jacken und Mützen stricken kann«, sagt Mimi zu Heinrich, der sich genauso auf Kinder freut wie sie. Es sollen nicht zu viele werden, auch darüber ist sie sich mit Heinrich einig. Das verspricht er ihr. Aber vielleicht drei oder vier, und für die soll es ein gutes Leben sein. Mit einem Vater, wie ich ihn mir gewünscht hätte, denkt Mimi.

Sie staunt, wie ernsthaft Heinrich zuhört, als Meta wütend erzählt, wie grob ihr Lehrer sie an den Zöpfen zieht, wenn sie ihrer Banknachbarin auch nur ein einziges Wort zuflüstert. Mimi staunt, mit welcher Geduld Heinrich die Holzeisenbahn ihrer Brüder repariert, bis die Rädchen allesamt wieder laufen wie geschmiert. Wie viel Spaß es ihm macht, Mimis Geschwister mit kleinen Geschenken zu überraschen. Heinrich ist ähnlich geschickt mit der Laubsäge wie Mimi mit Nadel und Faden. Seine großen Hände bringen die zierlichsten Tiere und Gegenstände zustande.

»Das kannst du alles?«, wundern sich die Kinder. »Du bist doch Schmied.«

Auf die standesamtliche Trauung wird bald die kirchliche folgen. »Was für ein schönes Paar ihr sein werdet.« Die Mutter hilft Mimi am Hochzeitsmorgen beim Ankleiden. Ihre Augen sind feucht. Vor Rührung? Oder weil ihr jetzt erst klar wird, dass Mimi endgültig ein eigenes Leben beginnt? Nur noch hin und wieder bei der Familie sein kann?

Mimi fragt lieber nicht, lässt sich gerne ablenken von Meta, Rosa und Grete, ihren Blumenmädchen.

»Deine Engelchen gleich in der Kirche«, flüstert Meta Mimi mit einem Grinsen zu. »Evangelische Engelchen auf einer katholischen Hochzeit.«

Wie Engel schweben die drei bei Glockengeläut und Orgelspiel vor ihr her. Sie streuen Blüten für Mimi, als Eduard sie zum Altar führt, wo Heinrich schon wartet. Trauzeugen sind Adi und Ewald.

Der Pfarrer hält den Gottesdienst mit einer langen Predigt. Bei Adam und Eva im Paradies fängt er an und hört auf bei Heinrich und Mimi. »Unsere Braut«, betont er, »hat unlängst zum rechten Glauben gefunden.«

War mein Glaube denn vorher nicht recht?, schießt es Mimi kurz durch den Kopf. Aber als einer vom Kirchenchor das *Ave Maria* singt, bringt das etwas in ihr zum Klingen, und sie hört auf zu grübeln.

Mit fester Stimme gibt sie Heinrich ihr Jawort, so wie er ihr seines gibt. Sie verspricht, ihm die Treue zu halten in guten und bösen Tagen, in Gesundheit und Krankheit, verspricht, ihn zu lieben, zu achten und zu ehren, bis dass der Tod sie scheidet. Als zum Schluss die Orgel noch einmal braust und alle gemeinsam *Großer Gott, wir loben dich* singen, da denkt Mimi wieder, dass es doch ein und derselbe Gott ist, für Protestanten wie für Katholiken. Und dass sie sich richtig entschieden hat.

Die Blumenmädchen streuen auch beim Auszug aus der Kirche Blüten. Draußen wartet schon eine ganze Horde Kinder aus der Gemeinde. Und die Männer der Hochzeitsgesellschaft lassen sich nicht lumpen. Sie werfen Kupfermünzen, die rollen und springen über den Kirchplatz oder landen gleich in geschickten Kinderhänden.

Was für ein schönes Paar. So und ähnlich hört Mimi es an diesem Tag von vielen Seiten. Was für ein schönes Paar, der große blonde Heinrich und seine schmale dunkelhaarige Braut. … Sie in ihrem weißen Kleid. Er in einem feinen dunklen Anzug, den ihm sein Vater geliehen hat. Die schwarzen Schuhe spiegelblank geputzt.

»Meine kleine Schwester«, sagt Wilhelm, der aus dem Harz angereist ist, obwohl er nur diesen einen Tag bleiben kann. »Da war's ja wohl doch richtig, dass du nicht zu mir nach Clausthal gekommen bist, Mimi. Ich wünsch dir und deinem Heinrich viel Glück!«

Gefeiert wird in der Gastwirtschaft der Schwiegereltern. Meta und Rosa haben mit Elses Hilfe Papiergirlanden an die Wände gehängt. Der Brautstrauß aus weißen Rosen kommt auf den Tisch in der Mitte der Schankstube.

Mimis Mutter hat beim Kochen, Braten und Backen geholfen. Dass nicht sie und Eduard die Feier ausrichten müssen, war dem Stiefvater sicher recht. Aber über Mimis Heirat scheint er sich aufrichtig zu freuen. Das ist ihm anzusehen. Und am Abend, als Musik gemacht wird, wirbelt er seine Pina ein ums andere Mal durch den Festsaal. Einszweidrei, einszweidrei …

Mimi und Heinrich haben keine Übung im Tanzen. Sie versuchen es dennoch, angefeuert von Mimis Geschwistern und Heinrichs Brüdern.

Was für ein Applaus!

Adi tippt Heinrich auf die Schulter. »Als nächster bin ich dran.« Da will Ewald natürlich auch und Wilhelm und Eduard und Friedrich, bis Mimi ganz schwindelig wird vor lauter Einszweidrei, Einszweidrei.

Aber Spaß macht es, und sie spürt selbst, dass sie immerzu lächelt. Sobald sie Heinrich ansieht, kann sie gar nicht anders. Wie froh und stolz er immer wieder zu ihr hinschaut. Wie verstohlen er ihr schnell die Hand drückt, als er mit den Blumenmädchen an ihr vorbeigetapst kommt, ein Tanzbär mit Engelchen. Wie soll sie da aufhören können zu lächeln?

»Dass mein Sohn eine so schöne Braut hat«, sagt Friedrich. Tüchtigkeit und Fleiß erwähnen weder er noch Else heute.

»Ja, eine schöne Braut«, das ist auch Elses Meinung. »Die Kette mit der Perle passt wunderbar zu deinem Kleid, Mimi.«

»Und Mimi passt wunderbar in unsere Familie«, fügt Adi zwinkernd hinzu.

So viel Freude an einem einzigen Tag. Da wird Mimi wohl auch die Hochzeitsnacht überstehen, in Heinrichs Dachkammer im Haus seiner Eltern, oben über der Gastwirtschaft.

»Ich bin so froh für dich«, sagt Mimis Mutter beim Abschied. »Auch wenn du mir und den Kindern fehlen wirst. Du hast einen guten Mann gefunden.«

»Ich komm euch besuchen und helfe, so oft ich kann«, verspricht Mimi. »Und ihr kommt zu mir, wenn wir erst die Wohnung haben.«

»Darauf warte ich nicht.« Metas Augen blitzen. »Ich überfalle euch einfach.«

Wilhelm wünscht Mimi und Heinrich noch einmal viel Glück, und an den Schwager gewandt sagt er mit einem schiefen Grinsen: »Pass mir gut auf meine kleine Schwester auf. Sie hat es verdient.«

»Ich weiß es«, sagt Heinrich ernst. »Ja, ich weiß es.«

Mimi wagt nicht aufzuschauen, als sie und Heinrich sich ausziehen. Und sie hält die Luft an, als er sie in die Arme nimmt.

»Du zitterst ja«, murmelt er in ihr Haar. »Hab keine Angst. Ich muss es doch auch erst lernen.«

Behutsam ist er. Ein wenig tollpatschig vielleicht, wie er sie streichelt und küsst und dabei Laute von sich gibt, die sie unwillkürlich an ein gutmütiges Tier denken lassen. Dazu ächzt die Matratze. Das alles zusammen bringt sie beide zum Lachen.

Und nie hätte Mimi gedacht, dass Heinrichs Hände so zart sein können.

Die Dachkammer wird ihre vorläufige Bleibe. Mimi macht das nichts aus. So freuen sie und Heinrich sich eben länger auf die eigene Wohnung und sparen weiter für Möbel. Solange sie nur zu zweit sind, brauchen sie wenig Platz.

Das Bett könnte breiter sein, meint Heinrich. Doch er liegt ruhig im Schlaf. Nachts schreckt Mimi nicht mehr aus Träumen auf, weil ein Füßchen sie in die Rippen stößt oder der Ellbogen eines der Geschwister sie aus dem Schlaf boxt.

Nein, das alles nicht mehr!

Und dass sie jetzt Heyn heißt, Mimi Heyn, nicht mehr Mimi Grube, daran gewöhnt sie sich schnell. Kein Wunder. Grube, den Namen hat sie nie gemocht.

Gute Tage reihen sich aneinander. Die Zeit verfliegt nur so in Mimis erstem Jahr mit Heinrich.

Der Herbst ist mild und leuchtend. Wenn Mimi abends nach Hause geht, hängt der Geruch von Kartoffelfeuern in der Luft. Mimi stellt Ahornzweige in ein Glas. Sich das Leben bunt malen … Nein, das muss sie gar nicht. Es ist bunt. Viel bunter, als Mimi es sich je hätte vorstellen können.

Der Winter wird kalt, und auch das macht Mimi nichts aus. Eisblumen blühen am Fenster, die zeichnet sie mit dem Finger nach. Sie muss ja nicht frieren. Sie hat es warm bei Heinrich. Als genug Schnee liegt, geht er mit ihr und Grete, Meta, Rosa und Richard Schlitten fahren auf der zugeschneiten Halde.

Einmal rutscht Rosa auf der Fahrt vom Schlitten. Schnell rappelt sie sich wieder auf. »Macht euch nicht immer so breit!«, ruft sie mit einem Grinsen und wirft einen Schneeball. Der landet auf Heinrichs Stirn. Er zuckt zusammen.

Rosa guckt erschrocken. »Das wollte ich nicht.«

Aber Heinrich lacht nur. »Warte, gleich pack ich dich!«

Die Geschwister hängen sich an ihn und ziehen ihn in den Schnee, bis sie alle zusammen ein Stück Abhang runterkugeln.

Helles Kinderlachen und Heinrichs tiefer Bass.

Ja, denkt Mimi. Er hat das Zeug zum guten Vater.

Mit Ewald und Adi bauen Mimi und Heinrich einen Schneemann hinter dem Gasthaus. Was macht es schon, dass sich bis zum nächsten Tag unzählige Rußflöckchen auf ihn gesetzt und sein Weiß angegraut haben. Es kommt Mimi vor, als lache er sie an mit seinen Kohlenaugen. So wie Heinrich über Rosas Schneeball gelacht hat.

»Regt sich bei dir noch nichts?«, fragt Heinrichs Mutter im Frühling.

Mimi schüttelt verlegen den Kopf. Sie wartet ja selbst darauf und ist jeden Monat aufs Neue enttäuscht, wenn die Blutung kommt.

»Du wirst noch früh genug Kinder haben«, tröstet ihre Mutter. »Je weniger du darauf wartest, umso schneller sind sie da. Schau doch mich an.«

Und Meta, die oft bei der großen Schwester zu Besuch ist, streut Zucker auf die Fensterbank, obwohl sie eigentlich nicht mehr an den Klapperstorch glaubt.

Nach wie vor geht Mimi zu Kunden zum Nähen. Hilft den Schwiegereltern in der Küche, wenn im Gasthaus größere Feiern ausgerichtet werden. Hilft der Mutter mit der vielen Wäsche und beim Einkochen für den nächsten Winter. Ist viel unterwegs zwischen Werne und Lütgendortmund.

Es ist Sommer, und die Tage sind lang und hell.

»Regt sich bei dir denn immer noch nichts?«, fragt Else wieder, als Friedrich damit beschäftigt ist, neuen Johannisbeerwein anzusetzen.

»Ich werd schon früh genug Kinder haben«, gibt Mimi freundlich, aber bestimmt zurück. »Die liebe Gottesmutter wird es schon richten.«

Das zweite gemeinsame Weihnachtsfest mit Heinrich rückt näher. Mimi sitzt in der Mansarde, Flickzeug im Korb vor sich, und sieht durchs Fenster hinaus in die beginnende Dämmerung. Schaut den Schneeflocken zu, die sacht fallen und das Schwarz und Grau der Straße in Weiß verwandeln.

Als sie Heinrichs Schritte auf der Treppe hört, schlägt ihr Herz schneller. Heute. Heute kann sie es ihm sagen. Endlich. Sie ist sich sicher.

»Ich hab nachgefragt wegen der Wohnung.« Heinrich zieht seine durchweichten Schuhe aus. »Wir sind weit nach vorn gerückt auf der Liste. Freust du dich?« Er richtet sich auf und zieht Mimi an sich.

»Du ahnst nicht, wie sehr ich mich freue«, flüstert sie ihm ins Ohr. »Heinrich, wir bekommen ein Kind.«

Einen Moment lang schaut er beinah ungläubig. Dann fasst er sie vorsichtig um die Taille und schwenkt sie durch die Luft. »Was für ein Geschenk. Was für ein Weihnachtsgeschenk!«

An Heiligabend zeigt Else Mimi die Wiege, in der schon Heinrich und seine Brüder geschlafen haben. »Sie braucht nur einen neuen Anstrich.«

»Das macht Heinrich. Er kann das gut.« Mimi berührt die Wiege und bringt sie zum Schaukeln. *Schlaf, Kindchen, schlaf,* singt es in ihrem Kopf.

»Mein lieber Sohn, geh du heute mal Johannisbeerwein aus dem Keller holen.« Friedrich lacht übers ganze Gesicht. »Der zukünftige Großvater muss sich schonen.« Er gibt Heinrich einen ordentlichen Knuff in die Rippen.

Was für ein Weihnachtsgeschenk!

Am ersten Feiertag ist Mimi mit Heinrich bei ihrer Familie.

»Ich hab's dir gleich angesehen.« Die Mutter streicht Mimi flüchtig übers Haar. »Meine Große bekommt ein Kind.

Meine Güte, und ich werde Großmutter.« Sie nimmt Mimi mit in die Schlafstube. »Wir haben noch allerhand Babysachen. Such dir aus, was du haben willst.«

»Bald bin ich zum ersten Mal Tante«, jubelt Meta.

Es macht Mimi nichts aus, dass ihr eine Zeit lang morgens übel ist. Es stört sie nicht, dass sie manchmal an der Nähmaschine oder am Tisch einschlafen könnte vor Müdigkeit, von einem Moment auf den anderen. Sie weiß ja, woran das liegt.

Als die ersten Schneeglöckchen sich ans Licht kämpfen, lässt die Übelkeit nach. Und als die goldgelben Blüten des Löwenzahns sich in Pusteblumen verwandeln, stellt Mimi sich vor, wie sie im kommenden Jahr die kleinen Samenschirmchen davonfliegen lässt.

Ihr Kind wird zuschauen.

Ihr Kind.

In Mimis Träumen ähnelt es Heinrich.

1912–1914

An einem heißen Augusttag nutzt Mimi die Gelegenheit, mit einem Bierkutscher zur Mutter nach Lütgendortmund zu fahren. Er hat sie schon einmal mitgenommen, und sie ist dankbar dafür, denn das Laufen fällt ihr inzwischen schwer.

Meta macht ihr die Tür auf. »Mimi, du? Kommst uns bei der Hitze besuchen?« Sie fällt der Schwester um den Hals. Streicht ihr vorsichtig über den Bauch. »Mutter ist im Garten. Ich sag ihr Bescheid.«

»Warte, ich hab dir was mitgebracht.«

Meta packt das in Zeitung gewickelte Stück Stoff aus. Rot mit weißen Tupfen. »Wie schön, Mimi! Danke.« Meta steht auch ganz still, als die Schwester bei ihr Maß nimmt für ein Sommerkleid.

»Bestimmt darf ich es auf Fräulein Hoffmanns Nähmaschine nähen«, sagt Mimi. Wenn sie doch eine eigene hätte! Ein Wunsch, der schon länger in ihr brennt. Nicht mehr von den Kunden abhängig sein. Sich die Zeit fürs Nähen selbst einteilen können. Das wäre schön. Ja. Zu schön …

Als sie sich über den Stoff beugt, um das Schnittmuster darauf zu befestigen, fühlt sie ein Stechen im Rücken. Sie krümmt sich vor Schmerzen, die in Wellen kommen.

Mimi stöhnt auf. »Die Wehen …« Schon wird sie wieder vom Schmerz überrollt.

»Leg dich aufs Bett! Ich geh Mutter holen.« Meta stürmt los.

Dass es schmerzhaft ist zu gebären, hat Mimi gewusst. Aber so schlimm? So schlimm, dass es sie schier zerreißt, so heftig, dass sie das Atmen vergisst?! Sie krallt sich an der Bettkante fest und hofft, dass niemand den Schrei hört, den sie nicht unterdrücken kann.

Nur gut, dass die Mutter so schnell bei ihr ist. »Es geht vorbei, Kind, du stehst das durch«, beruhigt sie und bereitet alles Nötige vor für die Geburt. Sie kennt sich ja aus.

Meta legt Mimi ein feuchtes Tuch auf die Stirn. »Bald bin ich Tante.«

Bald. Ja, hoffentlich bald! Mimi stöhnt und windet sich.

»Du darfst dich nicht so verkrampfen«, sagt die Mutter.

Mimi versucht durchzuatmen. Heilige Maria, fleht sie im Stillen. Wenn nur alles gutgeht! Das Kind gesund auf die Welt kommt! Schnell an etwas anderes denken. … Heilige Maria, heilige Maria, mach … Wenn der Schmerz zwischendurch abebbt, sagt Mimi sich im Kopf *Zu Bethlehem geboren* auf. Hält sich an den Worten fest. *O Kindelein, von Herzen will ich dich lieben sehr …*

»Jetzt musst du mithelfen. Es dauert nicht mehr lange.« Die Mutter zeigt Mimi, was sie tun muss.

Da fühlt sie, wie das Kind endlich aus ihr herausdrängt.

»Du hast es geschafft! Es ist ein Mädchen.« Zufrieden hebt die Mutter die Kleine hoch, um ihr einen Klaps zu geben. Der erste Schrei kommt prompt, wenn auch etwas leise.

Schweißnass und erschöpft schaut Mimi zu, wie ihr Kind gewaschen und gewickelt wird. Ihr Kind. Sie bekommt es in den Arm gelegt. Dankbarkeit durchströmt sie. Ein Mädchen. Sie hat ein Mädchen geboren. Die schrecklichen Schmerzen haben sie nicht umgebracht. Du sollst es gut haben, jetzt und später, kleine Anna, denkt Mimi. Erschöpft ist sie. Erschöpft und gleichzeitig hellwach.

Heinrichs Stimme. Er ist hier? Woher weiß er?

»Der Bierkutscher hat verraten, wohin er dich gebracht hat. Und als du nicht nach Hause gekommen bist, da hab ich es mir zusammengereimt.«

Es geht Mimi wie vor ihrer Hochzeit. Sie kann kaum glauben, dass das alles nicht nur ein Traum ist. Das Aufleuchten in Heinrichs Augen. Wie er die kleine Tochter auf dem Arm hält. Behutsam und zärtlich. »Was für ein winziges Menschlein sie ist«, sagt er bedächtig, und sein bewundernder Blick geht zwischen Mimi und der Kleinen hin und her. »Nimm du sie lieber.« Er legt Mimi das Kind in die Arme und drückt ihr einen Kuss auf die Stirn.

Diesen Moment festhalten. Für immer festhalten. Er wiegt die Tortur der vergangenen Stunden auf. Er wiegt die dunklen Jahre auf.

Mit dem Stillen hat Mimi anfangs Schwierigkeiten. Doch nach ein paar Tagen kommt genug Milch. Und wenn Änne, wie sie und Heinrich die Kleine nennen, schmatzend und zufrieden an Mimis Brust trinkt, wächst in ihr das Glücksgefühl. Mehr noch als früher, wenn Metas warme Hand sich nachts in Mimis Hand geschoben hat.

Und was für ein Segen, dass Änne ein so ruhiges Kind ist. Selbst mit offenen Augen liegt sie oft still da, ohne sich bemerkbar zu machen. Mimi muss sie nicht ständig beruhigen, herumtragen oder schaukeln. Wie sollte das in der Dachkammer auch gehen? Da war es ja vorher schon eng. Aber seit jetzt noch die Wiege darin steht, können Mimi und Heinrich sich nur mit Mühe am Bett vorbeizwängen.

»Wie soll ich das Kind hier ordentlich waschen und wickeln? Zeit für die eigene Wohnung, Heinrich«, drängt Mimi. »So geht es nicht weiter.«

»In der Verwaltung wissen sie ja Bescheid. Wir müssen abwarten, bis wir an der Reihe sind.«

»Glaubst du, dass alle anderen auch so geduldig sind?«

Mit der Kleinen auf dem Arm macht Mimi sich auf den Weg zum Verwalter. »Wir brauchen die Wohnung dringend. Die Dachkammer der Schwiegereltern ist zu klein.«

»Das sagen alle, dass es dringend ist«, knurrt der Mann hinter seinem Schreibtisch.

»Wir stehen weit oben auf Ihrer Liste«, gibt Mimi unbeirrt zurück. »Und Sie sehen doch, dass wir ein Kind haben.«

»Ich will sehen, was sich machen lässt. Aber so schnell ...«

»So schnell werden Sie mich nicht los. Und sicher lässt sich was machen.« Mimi sagt das mit einer solchen Bestimmtheit, dass der Verwalter sich ein Grinsen nicht verkneifen kann.

Mimi fragt auch am nächsten Tag nach. Und am übernächsten. Und ehe sie sich noch einmal mit der kleinen Änne auf den Weg machen muss, bekommen Heinrich und sie tatsächlich eine Wohnung zugeteilt. In der Siedlung *Deutsches Reich*. Nicht weit von der Gastwirtschaft der Schwiegereltern.

»Meine Mimi«, sagt Heinrich bewundernd. »Standhaft wie die heilige Barbara.«

Mimi geht durch die Räume und hat schon vor Augen, wie ihr Zuhause aussehen soll. Es ist wie beim Schneidern, sie weiß, was passt. »Hier könnte der Schrank hin, da der Tisch ...« Fragend sieht sie Heinrich an.

»Entscheide du, du hast den besseren Blick dafür«, sagt er.

Und so streicht sie den gebraucht gekauften Schrank für die Wohnküche weiß. Näht bunte Kissen für das Sofa und hängt darüber das leuchtende Bild von einem Sommergarten, wie Mimi noch nie einen gesehen hat. Das Aquarell ist ein Geschenk von Fräulein Hoffmann. Sie wünscht ihr Glück im neuen Zuhause.

Auch die Mutter kommt zu Besuch und sieht sich um. »Schön habt ihr es. So hell und freundlich.«

Ja, ganz anders als ihr, denkt Mimi. Oder kam es ihr in Mutters Wohnung nur so dunkel vor wegen Eduard?

»Und hast du die beiden Fliederbüsche im Garten gesehen?« Mimi zeigt aus dem Fenster. »Wenn die nächstes Frühjahr blühen …«

»… dann wird Änne schon krabbeln«, sagt die Mutter, und Mimi streicht ihrer Kleinen über den weichen blonden Haarflaum.

»Was für ein Luxus, eine Ehebetthälfte ganz für mich zu haben«, gesteht Mimi Heinrich in Erinnerung an die unruhigen Nächte mit den Halbgeschwistern. Jetzt stößt sie nachts nicht einmal mehr mit ihm zusammen. Und wenn Heinrich zu ihr rüberrutscht und sie an sich zieht, liebt er sie weiterhin auf seine scheue, sanfte Art. Wie schön ist das. Welche Lust empfindet Mimi. Welche Lust, wenn auch ihre Hände und Lippen wie von allein zu Heinrich finden. Seinen warmen starken Körper fühlen, streicheln.

»Du machst mich so froh«, flüstert er.

»Du machst mich so froh«, flüstert Mimi zurück.

»Ich möchte heute mit dir in eine Ausstellung gehen«, überrascht Heinrich sie eines Tages im Frühjahr, als der Flieder blüht und Änne längst krabbeln kann.

»Was gibt's denn da zu sehen?«, will Mimi wissen.

Er lässt sich Zeit mit der Antwort. Lacht in sich hinein.

»Nun sag schon!«

»Nähmaschinen. Damit du endlich eine eigene bekommst.«

»Eine eigene Nähmaschine«, wiederholt Mimi aufgeregt. Das wäre schön. Zu schön?

Wie lange träumt sie schon davon.

Dann steht sie vor den verschiedenen Modellen. Streicht über poliertes Holz, darf Probenähte nähen, vergleicht die

Preise. Hört zu, wie Heinrich mit einem Verkäufer verhandelt. Der rühmt die Vorteile der neuen elektrischen Nähmaschinen. »Nein«, sagt Mimi entschieden. »Die sind viel zu teuer! Mit einer mechanischen komme ich gut zurecht.«

»Warum nicht etwas Neues ausprobieren, wenn es die Arbeit leichter macht?« Heinrich zieht die Augenbrauen hoch.

»Wir haben doch gar keinen elektrischen Strom im Haus«, wendet Mimi ein.

»Das lässt sich alles machen. Ich hab mich erkundigt.«

Einen Moment lang wird Mimi unsicher. Dann wischt sie Heinrichs Einwände lachend beiseite. Sie hat schon die Maschine entdeckt, die sie haben will. »Strom brauche ich nicht für diese hier. Und wie edel sie aussieht mit dem glänzenden Holz und dem schönen gusseisernen Gestell.«

Es ist Heinrich nicht recht. Das sieht Mimi. Doch sie lässt sich nicht umstimmen. Und am Ende gibt er sich geschlagen.

Eine Woche später wird die Maschine in einem Pferdewagen angeliefert. Jetzt muss Mimi nicht mehr in fremde Häuser zum Schneidern. Und schon bald kommen frühere Kunden mit Aufträgen.

Mimi ist dankbar für ein Zubrot und froh, dass sie die kleine Tochter zu Hause versorgen kann. Sie nicht wegzugeben braucht, um weiter als Näherin zu arbeiten

Ja, Mimi ist froh, dass ihr Leben geregelt ist. Sie ein Zuhause hat. Ein richtiges Zuhause.

In der Wohnung unter ihnen wohnen Paul und Guste Lösskén, ein kinderloses Ehepaar aus Pommern. Er arbeitet als Sprengmeister unter Tage. Dass er schon eine Steinstaublunge hat, ist nicht zu überhören, so, wie er hustet.

In der anderen Haushälfte wohnen oben Hermann und Siegfried Strobel, Schlepper auf *Heinrich Gustav*, zusammen mit ihrer Schwester Gertrud, die den Haushalt führt. Und unten die Mäusers mit drei älteren Kindern. Hannes Mäuser ist Schlosser auf der Zeche.

Viel hat Mimi nicht mit den Nachbarn zu tun. Sie grüßen sich freundlich und reden auch schon mal ein paar Sätze miteinander, wenn sie sich im Flur oder vor der Haustür begegnen.

Heinrich trinkt gelegentlich ein Bier mit den Männern im Garten. Oder springt ein, wenn ein Mann beim Kartenspiel fehlt.

Sich in den Wohnungen zu besuchen, ist nicht üblich. Gut so, denkt Mimi. So kennt sie es von der Mutter. Und sie hat ja schon ihre und Heinrichs Familie, die kleine Tochter und zusätzlich zum Haushalt das Nähen. Wie sollte sie da noch Zeit übrig haben? Und nach den vielen Jahren bei der Mutter, Eduard und den Geschwistern fühlt Mimi sich wohl in einer Wohnung, die nicht ständig von Menschen überquillt.

Nach und nach sägt Heinrich für Änne immer mehr Tiere und Figuren aus, bis ein ganzer Bauernhof zusammengekommen ist. Und für die Flickenpuppe, die Mimi der Kleinen genäht hat, baut er ein Wägelchen.

»Ist das nicht zu früh?« Mimi runzelt die Stirn. »Änne ist doch noch gar nicht sicher auf den Beinen.«

»Sie wird es bald sein, wart's nur ab«, prophezeit Heinrich. »Siehst du, wie geschickt sie ihre Puppe durch die Stube schiebt?«

In dem Moment plumpst die Kleine hin. Verdutzt sitzt sie auf dem Boden und sieht zu den Eltern hoch, die beide lachen.

Zum Lachen hat Mimi jetzt häufiger Grund. Wenn Heinrich Änne in seinen Armen schaukelt und *Der Kuckuck und der Esel* singt, dazu ruft wie der Kuckuck und Iah-Iah macht wie ein heiserer Esel. Wenn er sie herumschwenkt und mit ihr durchs Zimmer hüpft bei *Es tanzt ein Bi-Ba-Butzemann*. Oder wenn er die Geräusche der Zechenmaschinen nachahmt, manchmal auch kräht wie ein Hahn oder bellt wie ein Hund. Dann lachen sie alle drei zusammen.

Zum Geburtstag schenkt Heinrich Mimi einen Lichterbogen. Den hat er selbst ausgesägt und bemalt. Die Kerzen darauf brennen schon, als Mimi morgens in die Küche kommt und den Tisch gedeckt vorfindet. Nie zuvor hat es an Mimis Geburtstag Kerzen gegeben. Stumm steht sie da.

»Du musst sie ausblasen und dir dabei was wünschen. Aber du darfst deinen Wunsch nicht verraten!« Heinrich strahlt Mimi auffordernd an.

Sie wünscht sich nur eins: dass ihr Leben so bleibt. Bleibt. Diesen Moment festhalten … Sie schlingt die Arme um Heinrichs Hals.

Als Mimi einer Kundin bei der Anprobe hilft, entdeckt sie im Spiegel ihr eigenes Gesicht, als ob es ein fremdes wäre. Die Frau mit den fröhlichen Augen, ist das wirklich sie? Mimi, die immer so ernst gewesen ist?

Sie sieht glücklich aus, glücklich wie Hanna auf dem Hochzeitsfoto, das sie Mimi geschickt hat.

… wir haben im Oberbergischen geheiratet, schreibt Hanna. *Im kleinen Kreis. Nachdem mein sturer Vater endlich eingewilligt hat. Eine große Hochzeit auf dem Hof wollte er nicht, die wäre ihm zu teuer gewesen. ›Aber wenn der Himmel voller Geigen hängt, kann ich ja wohl nichts machen‹, hat er gebrummt. Also immerhin ein bißchen Humor. Nur daß Thomas Geigen baut, wird Vater vielleicht nie als anständigen Beruf ansehen. Er kann eben nicht aus seiner Haut. Aber auch so geht es mir gut mit Thomas, so gut.*

Ach Mimi, ich könnte den ganzen Tag singen.

Ist das Leben nicht schön und hell?

Ja, hell ist das Leben. Und doch … warum hält Heinrich manchmal kurz inne, den Blick wie erstarrt in die Ferne gerichtet, als denke er über etwas nach, das ihn bedrückt?

Noch mehr rätselt Mimi darüber, dass er selbst es nicht zu bemerken scheint. Denn das sieht sie an seinem erstaunten Blick, wenn sie fragt.

»Ach«, sagt er verlegen. »Vielleicht bin ich müde.«

Ja, sicher ist er nur müde. Ganz bestimmt ist er nur müde. Heilige Maria, mach, dass es nichts anderes ist!

Die Arbeit in der Schmiede strengt an. Es rührt Mimi, dass Heinrich sich nie beklagt. Doch schon bald sitzt er wieder vollkommen entrückt am Tisch, blinzelt und scheint seine Umgebung nicht wahrzunehmen.

»Heinrich?«, ruft Mimi. »Heinrich, was ist?«

Er reagiert nicht. Auch nicht, als sie ihn sanft rüttelt.

Sie fühlt einen Knoten im Magen. Schon will sie wieder rufen. Da wendet er ihr den Kopf zu. »Mimi? Warum guckst du so erschrocken?«

Sie legt ihm die Hand auf den Arm. »Wo warst du bloß mit deinen Gedanken? Ich hab dich gerufen.«

Er zuckt die Schultern.

Weiß er denn wirklich nicht, wovon sie spricht?

Sie grübelt tagelang. Schließlich fasst sie sich ein Herz, geht zum Stiefvater und fragt, ob Heinrich auch in der Schmiede manchmal so einen abwesenden Blick bekomme.

»Unsinn! Was du alles siehst«, gibt Eduard kopfschüttelnd zurück. »Dein Mann ist völlig in Ordnung.«

Auch als sie von den Schwiegereltern wissen will, ob ihnen an Heinrich schon einmal dieses seltsame Verhalten aufgefallen sei, wird sie beruhigt. »Unser Ältester war nie so lebhaft wie seine Brüder. Mach dir keine Sorgen. Du weißt doch, dass er manchmal ein Träumer ist. Deshalb hat er dich nicht weniger gern.«

Heilige Maria, lass sie recht haben!

Mimi will so gerne glauben, dass sie Heinrichs abwesenden Blick zu wichtig genommen hat.

Sie gibt sich die größte Mühe mit ihrem kleinen Haushalt.

Im Sommer steht immer ein Krug mit Wiesenblumen auf der Fensterbank. Hin und wieder bringt Heinrich ihr welche mit. Oder Mimi geht zusammen mit Änne Blumen pflücken. Und wenn auch noch so viele Rußflocken von der Kokerei durchs Fenster wehen, Mimi bekommt die zarten Vorhänge wieder weiß und duftig.

In dem kleinen Stück Garten, das zu ihrer Wohnung gehört, pflanzt sie Kartoffeln, Kohl, Bohnen und Karotten. Ein paar Hühner hält sie auch.

Nie lehnt sie einen der Nähaufträge ab, die sich mehren.

»Suchen Sie den Stoff aus und den Schnitt«, heißt es inzwischen oft. »Sie finden schon das Richtige.«

»Verstehst du das?«, fragt Mimi Hanna, die sich von ihr ein Kostüm nähen lässt. »Manche Kundinnen verlassen sich ganz auf mich.«

»Das können sie auch. Du beweist doch, dass du ein Gespür für sie hast. Gute Ideen und einen sicheren Geschmack. Was glaubst du, warum ich extra zu dir gefahren komme?« Hanna legt Mimi eine Zeitschrift auf den Tisch. »Die hab ich dir mitgebracht. Vielleicht magst du ja über Modesalons in Berlin, Wien und Paris lesen.«

»Was soll das denn sein, ein Modesalon?«

»Eine Art Schneiderwerkstatt. Nur gemütlicher. Eleganter. Vielleicht auch ein bisschen wie ein Café …«

Mimi blättert in der Zeitschrift, schaut sich die Fotos an, überfliegt den Artikel. »Warum soll es Modesalons nur in Berlin, Wien und Paris geben?«, fragt sie aufgeregt. »Warum nicht auch hier?«

Hanna lacht. »Eben. Warum nicht auch hier? Dir trau ich das zu.«

»Wenn ich Geld hätte und mehr Zeit …«

Dennoch. Der Gedanke lässt Mimi nicht los.

So, wie sie von der eigenen Nähmaschine geträumt hat, träumt sie jetzt insgeheim davon, einen kleinen Modesalon aufzumachen.

In ihrem Kopf wachsen schon Bilder, wie sie den Raum einrichten will, damit ihre Kundinnen sich wohlfühlen. Hier die Nähmaschine. Da die Schneiderpuppe. Ein großer Spiegel auf Rollen. Heinrich könnte ihr einen zusammenlegbaren Wandschirm bauen. Als Sichtschutz bei der Kleideranprobe. »Paravent«, flüstert Mimi vor sich hin. Paravent, steht in der Zeitschrift von Hanna, so heißt das französische Wort für den Wandschirm. Mimi würde ihn mit Stoff beziehen. Mit einem der schönsten Stoffe von Jakob Hirsch. Eine Vitrine mit Stoffmustern von Hirsch sollte es auch geben. Und ein bequemes Sofa, zwei Sessel, einen runden Tisch. Darüber ein leuchtendes Blumenbild, das sie Fräulein Hoffmann abkaufen würde.

Vor allem hell müsste ihr Salon sein. Ja, hell. Ein großes Fenster. Viel Licht.

Mimi legt alles Geld auf die Seite, das sie erübrigen kann.

Wie oft kommen Frauen zu ihr, die nicht nur Kleiderwünsche haben. Frauen, die sich allein fühlen, die Gesellschaft suchen. Sich manchmal Sorgen von der Seele reden wollen.

Das alles geht auch in Mimis Küche.

Aber so ein Salon? Gemütlich? Ein bisschen wie ein Café?

Wer weiß, eines Tages … Eines Tages vielleicht …

Dann und wann schneidert Mimi auch für sich selbst einen Rock oder eine Bluse, näht ein Kleidchen für Änne, eine Weste für Heinrich.

Ob sie bei Teschkes im Kolonialwarenladen einkauft oder am Sonntag mit Mann und Kind in die Kirche geht, immer spürt sie bewundernde Blicke.

Es freut Mimi, doch es beunruhigt sie auch. Die leise, warnende Stimme in ihrem Inneren ist nicht zu überhören, wie sie ihr zuraunt: Nicht übermütig werden! Bloß nicht übermütig werden.

Dann schüttelt Mimi nur leicht den Kopf mit dem schweren dunklen Zopf.

Nein, sie wird nicht übermütig. Niemals.

Sie ist froh und dankbar. Sonst nichts.

1914–1918

Änne wird zwei Jahre alt.

Mimi hat als Geburtstagsgeschenk die Flickenpuppe neu eingekleidet. Die Kleine wiegt das Püppchen in den Armen. *»Es tanzt ein Bi-Ba-Butzemann«*, singt sie, wie sie es von Heinrich gelernt hat.

Mimi singt mit und rührt Kuchenteig. »Einszweidrei. Einszweidrei. Es tanzt. Tanzt. Tanzt ein Bi-Ba-Butzemann …«

»Der Kuckuck und der Esel«, singt Änne. »Kuckuck,Kuckuck, i-ah-ah-ah, Kuckuck, Kuckuck, i-ah.«

Die Mutter will nachmittags mit Hugo, den Zwillingen und Meta, Rosa und Grete zum Kaffee kommen.

Aber … was soll der Lärm da draußen, so früh am Morgen? Das ungewohnt laute Stimmengewirr?

Mimi öffnet ein Fenster zur Straße.

»Extrablatt«, schreit ein Zeitungsjunge.

Passanten reißen ihm die Blätter aus den Händen.

»Was ist los?«, ruft Mimi dem Jungen zu.

»Krieg«, schreit er. »Wir haben Krieg!«

Das kann nicht sein! Mimi nimmt Änne auf den Arm und läuft mit ihr nach draußen. Der Junge hat schon keine Extrablätter mehr.

»So was«, murmelt ein Mann neben Mimi und starrt auf die Zeitung. »Dieser Mord am österreichischen Thronfolgerpaar …«

»Und deshalb machen wir Krieg, nicht nur die Österreicher?«, fragt Mimi ungläubig.

»Deutschland ist mit Österreich-Ungarn verbündet und hat Serbien ebenfalls den Krieg erklärt.« Der Mann wendet sich zum Gehen. Er hat es eilig, genau wie die anderen Passanten.

Mimi steht da wie festgewachsen. Angst schnürt ihr die Kehle zu. Da sieht sie ihre Mutter in die Straße einbiegen, rote Flecken im Gesicht und das Haar aus dem Knoten gerutscht. Sie muss die schlimme Nachricht also auch schon gehört haben.

Mimi läuft ihr entgegen.

»Wir müssen sofort Vorräte einkaufen«, drängt die Mutter außer Puste. »Wer weiß, was jetzt auf uns zukommt. Nimm den Kinderwagen mit.«

»Und was ist mit den Geschwistern?«

»Eduard ist zu Hause. Krank geschrieben. Hat sich die Hand verletzt. Aber nicht schlimm. Und jetzt kann er wenigstens auf die Kinder aufpassen.«

Vor Teschkes Kolonialwarenladen hat sich bereits eine Schlange bis auf den Gehsteig gebildet. Frau Teschke kommt mit dem Bedienen kaum nach.

Mimi und ihre Mutter, als sie endlich an der Reihe sind, laden den großen Kinderwagen voll mit Lebensmitteln, Seife und Waschpulver. In ihre Einkaufstaschen packen sie, was sie gerade noch schleppen können.

Alle reden nur vom Krieg. »Von wegen, den Thronfolger rächen. In Wirklichkeit geht's dem Kaiser doch bestimmt bloß darum, dass Deutschland mächtiger wird«, sagt der alte Teschke, der heute ausnahmsweise mithilft bei so viel Kundschaft. »Nichts als Größenwahn!«

»Wie kannst du nur so über unseren Kaiser reden«, wirft ihm seine Tochter vor. »Er meint es doch gut mit uns, seinem Volk.«

Hast du das Glück zu selbstverständlich genommen?, regt sich in Mimi die innere Stimme. Hast du vergessen, dass Glück nicht andauern kann?

Bedrückt sitzt sie am Nachmittag mit ihrer Mutter und den Geschwistern zusammen, ihr Geburtstagskind auf dem Schoß. Das Kaffeetrinken hat sie sich anders vorgestellt.

»Den feigen Mord in Serbien kann man nur verurteilen«, sagt sie leise zur Mutter. »Aber ist das nicht eine Sache fürs Gericht?«

»Der alte Teschke wird schon recht haben. Es geht um Gründe, von denen unsereins keine Ahnung hat. Die beiden Toten kann kein Krieg wieder lebendig machen. Dafür müssen jetzt Unschuldige sterben. Das war in allen Kriegen so.«

»Und unsere Männer …« Mit einem Blick auf die Kinder bricht Mimi ab. Doch mit ihnen zu spielen, fällt ihr heute schwer.

Heinrich kommt nach Hause. Mimi hört ihn die Treppe heraufpoltern. »Krieg«, sagt er noch in der Tür. »Und Herrgott noch mal, ich kann nicht begreifen, dass es Männer gibt, die sich darüber freuen.«

Nur ein kurzer Krieg soll es werden. Blitzschnell begonnen, blitzschnell vorbei. »Ehe das Laub von den Bäumen fällt, sind meine Soldaten zurück von der Front«, verspricht der Kaiser. Die ersten Einberufungsbefehle ergehen sofort.

Mimi muss aufpassen, dass ihre Nähte nicht krumm und schief werden. Dass ihr kein Kleid zu kurz gerät. Ständig schickt sie Stoßgebete zum Himmel. »Heilige Maria«, murmelt sie vor sich hin. »Heilige Maria, du warst doch selbst Frau und Mutter. Angst kanntest du auch … Wenn Heinrich bloß nicht in den Krieg muss!« … Wünsch dir was … Stich um Stich näht Mimi Hoffnung und Verzweiflung in die Stoffe.

Endlich kommt Heinrich mit der erhofften Nachricht von der Zeche. »Sie haben mich für unabkömmlich erklärt. Vorläufig.«

Vorläufig. Wenigstens das. Und bis das Laub von den Bäumen fällt … Mimi atmet auf, genau wie ihre Mutter. Denn Eduard ist zu alt fürs Militär, und die Halbbrüder sind noch Kinder.

»Von Wilhelm hab ich lange nichts gehört«, sagt die Mutter. »Ich werd ihm schreiben. Dass er Steiger ist, wird ihn schützen. Sicher muss er auch nicht in den Krieg.«

Ewald wird gleich eingezogen. Kaum hat er den Bescheid, kommt er extra bei Mimi und Heinrich vorbei, um es ihnen zu sagen. Aufgedreht wirkt er. Übermütig.

»Hast du denn gar keine Angst?«, fragt Mimi vorsichtig.

»Angst? Ich freu mich, von Anfang an dabei zu sein und zu kämpfen. Adi ärgert sich schwarz, dass er noch nicht mitmachen kann. Er will sich als Freiwilliger melden.«

»Was seid ihr bloß für Kindsköpfe«, wettert Heinrich. »Glaubt ihr vielleicht, der Krieg wird ein Spiel wie Räuber und Gendarm?«

»Reg dich nicht auf, Bruder.« Ewald lacht. Und dann sagt er mit Nachdruck: »Wir müssen das Vaterland verteidigen. Es braucht uns doch!«

»Das Vaterland?« Heinrich schlägt mit der Faust auf den Tisch. »Vater und Mutter brauchen euch.«

Mimi hat Heinrich noch nie so zornig erlebt. Sie muss die kleine Änne beruhigen, die angefangen hat zu weinen.

»Ihr seid doch genau solche Angsthasen wie Vater und Mutter«, höhnt Ewald. »Ich geh dann mal lieber.«

So sehr Else und Friedrich ihn davon abzuhalten versuchen, so sehr auch Mimi auf ihn einredet, Adi meldet sich als Freiwilliger. Mimi fängt ihn auf der Straße ab, als er von der Musterungsstelle zurückkommt.

»Sie haben mich gar nicht erst auf Tauglichkeit untersucht«, gibt er widerwillig zu. »Der Arzt hat mich nach Hause geschickt. ›Du bist zu jung‹, hat er gesagt. ›Du brauchst die Einwilligung deiner Eltern. Aber die Kasernen sind sowieso schon mit Freiwilligen überfüllt‹.«

Mimi beißt sich auf die Unterlippe. »Auch wenn du es nicht hören willst, Adi: Ich bin froh, dass du nicht einrücken musst. Du würdest mir fehlen.«

Da bringt er immerhin ein schiefes Lächeln zustande.

Mimi und Heinrich gehen mit, als die Eltern Ewald zum Bahnhof bringen. Singend, begleitet vom Spiel einer Blaskapelle, steigen die Männer in den Zug, der sie dahin bringt, wo sie töten oder getötet werden sollen.

Die meisten von ihnen sind jung.

Und die Angehörigen, die am Bahnsteig zurückbleiben, winken ihnen mit Lachen und Hurrageschrei nach, als wäre das Ganze ein Spiel und bereits gewonnen.

»Das ist doch verrückt, das ganze Theater!« Mimi ist außer sich. »Bin bloß froh, dass Adi abgelehnt worden ist.«

»Deshalb wollte er heute nicht mit uns kommen.« Else zerknüllt ein nasses Taschentuch in der Hand. »Er hat das noch nicht verwunden, der dumme Junge.«

Mimi schüttelt den Kopf. »Und du, Ewald?«, fragt sie, »wie ist dir zumute, jetzt, wo es ernst wird?«

»Ehrlich gesagt, bin ich stolz, dass ich dem Vaterland dienen kann.« Und ungewohnt patzig setzt er nach: »Ihr könntet ruhig etwas mehr Vaterlandsliebe zeigen.«

»Hoffentlich denkst du noch genauso, wenn du zurückkommst.« Friedrichs Stimme klingt brüchig. Er wendet sich ab.

Mimi hat Friedrichs Tränen dennoch gesehen. Und aus Ewalds schroffem Ton die Angst herausgehört.

Wenn, hallt es in Mimis Kopf nach. Wenn, wenn, wenn.

Auch Ignaz, Nellas Mann, muss sofort einrücken. Dabei hatte ihn doch der Traum von einem besseren Leben nach Deutschland geführt. Und war es nicht eine Zeit lang gut? Ignaz' Arbeit auf der Zeche hatte genug eingebracht für die beiden und ihre mittlerweile fünf Kinder.

Jetzt aber muss Nella sehen, wie sie zurechtkommt. Sie arbeitet regelmäßig auf Kolpes Hof, obwohl ihr Kleinster noch nicht mal zwei Jahre alt ist. Franja, die Älteste, wird nächstes Jahr aus der Schule entlassen. Dann soll sie bei Kolpes in Stellung gehen.

Wenn Mimi Nella begegnet, sieht sie deren Verzweiflung schon an den verweinten Augen. Und weiß keinen Trost.

Für die Männer, die als polnische Preußen in den Krieg ziehen müssen, ist Deutschland bestimmt nicht das Vaterland, das es angeblich zu verteidigen gilt.

»Heinrich, ich bin wieder schwanger.«

»Oh Mimi«, sagt er, und nimmt sie in den Arm.

Ob er sich freut? Er wirkt eher verzagt. Jedenfalls längst nicht so überschwänglich wie beim ersten Mal.

»Ich kann mich auch nicht so freuen wie bei Änne«, sagt Mimi leise. »Der Krieg macht mir Angst. Wenn er nur schon vorbei wäre.«

Heinrich nickt. Er scheint nach Worten zu suchen. »Die Zukunft …«

Mimi legt ihm die Hand auf den Arm. »Der Kaiser hat doch ein schnelles Kriegsende versprochen. Bis das Kind auf die Welt kommt, hat sich sicher längst alles zum Guten gewendet.«

»Glaubst du?«

»Ich hoffe es.« Und nach einer Pause sagt sie nachdrücklich: »Wir müssen darauf hoffen.«

»Du bist so stark. Ich wäre auch gerne so zuversichtlich wie du.« Heinrich zieht Mimi in die Arme.

Zuversichtlich? Ja. Das will sie sein. Das muss sie sein. Sie lehnt sich an Heinrich und fühlt sich beschützt.

Er soll sich bloß nicht zu viele Sorgen um die Zukunft machen. Diesen Augenblick festhalten …

Und wenn Heinrich mit seinen Zweifeln recht hat?

Jetzt dauert der Krieg schon ein Dreivierteljahr. Die Nachrichten von der Front klingen nicht nach einem schnellen Sieg. Nicht nach einem baldigen Ende.

Heinrich berichtet täglich von Kumpeln auf der Zeche, die eingezogen werden.

»Waren sie nicht auch für unabkömmlich erklärt?«, will Mimi wissen.

»Doch.« Heinrich blickt nachdenklich auf seine Hände. »Es sind zu viele Soldaten gefallen oder verwundet. Nachschub wird dringend gebraucht.«

»Und wer macht dann die Arbeit auf der Zeche?«

»Über Tage stellen sie jetzt schon Frauen und Kinder ein. Bis zu zwölf Stunden täglich müssen die schuften. Und kriegen dafür nur halb so viel Lohn wie die Männer vor Kriegsbeginn.«

»Und du, du schuftest ja auch viel länger und härter als je zuvor.«

»Wir hier im Ruhrgebiet sind eben die Waffenschmiede der Nation.«

»Du schmiedest Waffen?«, fragt Mimi entsetzt.

»Nein, soweit ist es noch nicht. Kanonenkugeln gießen sie bei Krupp. Aber unsere Kohle brauchen sie, die Waffenfabrikanten. Ich darf gar nicht daran denken, dass ich genau deshalb vom Militär freigestellt bin.«

Mimi lehnt ihren Kopf an seine Schulter. Ein kurzer Krieg nur. Bald schon vorbei. Sie will, sie muss es glauben.

Ein paar Wochen später kommt Heinrich früher als gewöhnlich nach Hause. »Was ist passiert?«, fragt Mimi.

Wortlos zeigt er ihr das Schreiben, das er in der Schmiede bekommen hat. Darin steht es schwarz auf weiß. Heinrich muss an die Westfront. Schon am nächsten Tag. »Dass ich kampftauglich bin, hat mir ein Militärarzt bescheinigt.«

Noch ehe Mimi ganz begreift, fängt sie an zu weinen. Lautlos, wie in ihren trostlosen Nächten als Kind. Die dunklen Jahre …

»Lass uns jetzt nicht an das Schlimmste denken.« Heinrich küsst Mimi die Tränen vom Gesicht. »Wirst sehen, ich komme gesund zurück.«

Mimi bringt ein Lächeln zustande. Sie darf nicht ängstlich sein. Nicht jetzt. Sie darf Heinrich den Abschied nicht noch schwerer machen. »Ja«, sagt sie fest. »Du kommst zurück.«

In der Nacht liegen sie eng aneinandergeschmiegt. Mimi und Heinrich. Das Bettchen mit Änne nah neben sich. Als frühmorgens der Wecker schrillt, haben beide kaum geschlafen.

Mimi schmiert Heinrich Brote, wie sie es immer getan hat, bevor er zur Arbeit in die Schmiede ging. Füllt heißen Tee in seine Feldflasche wie sonst in die Blechflasche für den Pütt.

Nur dass er jetzt die Fahrt ins Ungewisse vor sich hat. Nur dass sie ihm auch noch seine wärmsten Sachen aufs Bett legt, damit er sie in den Rucksack packt. Und obenauf legt sie die dicken Wollsocken, die sie für ihn gestrickt hat. Er sollte sie zum Geburtstag bekommen. Zum Geburtstag, den er nun fern von ihr verbringen muss. Nein, nicht daran denken.

Es spielt keine Kapelle, als Mimi Heinrich zum Bahnhof begleitet, zu dem Zug, der ihn fortbringen soll. In Feindesland, wie es heißt.

»Meine Feinde sind es nicht.« Heinrich drückt Frau und Kind hastig an sich, bevor er einsteigt.

»Pass auf dich auf!«, ruft Mimi.

Er dreht sich noch einmal um und nickt. Es zuckt um seine Mundwinkel.

Der schrille Pfiff des Bahnhofsvorstehers bei Abfahrt der Eisenbahn.

Mimi nimmt Änne schnell auf den Arm und winkt dem Zug nach, bis er nur noch ein Fleck ist. Ein Punkt. Endgültig fort.

Bis Änne fragt: »Mama?«

Mimi setzt die Kleine ab und nimmt sie an die Hand. »Der Papa kommt wieder zurück. Wir müssen zu Hause auf ihn warten.«

Mimi schaut sich um, als erwache sie aus einem bösen Traum. Wahrscheinlich sieht sie genauso verloren aus wie die anderen Frauen, die ihre Soldatenmänner oder Soldatensöhne verabschiedet haben.

Es ist seltsam still auf dem Bahnsteig. Die ausgelassene Stimmung mit Jubel und Tamtam wie zu Beginn des Krieges längst verflogen.

Niemand singt.

Und Kirchenglocken läuten auch nicht mehr, seit man die eingeschmolzen hat, um Waffen daraus zu machen.

Mimi geht in die evangelische und in die katholische Kirche. Nimm ihn mir nicht, Gott, meinen Heinrich, betet sie in beiden Gotteshäusern. Nimm den Kindern nicht den Vater! Heilige Maria, bitte für uns!

Mimi schrubbt die Böden mit Schmierseife. Putzt sämtliche Fenster, bis sie blitzblank glänzen.

Ehe das Laub von den Bäumen fällt …

Ja, Mimi würde auch noch die Erde im Garten umgraben, wenn der Boden nicht hart gefroren wäre. Tränen der Wut laufen ihr übers Gesicht. Wut auf den Kaiser. Belogen hat er sein Volk. Belügt es noch immer. Sie war so dumm, ihm zu glauben.

Ehe das Laub von den Bäumen fällt …

Das war voriges Jahr. Jetzt sind die Bäume kahl. Bald werden sie neue Blätter bekommen. Und der Krieg wird weitergehen. Das Sterben. Die Angst.

Mimi versetzt dem Putzeimer einen solchen Tritt, dass das Wasser überschwappt.

Änne patscht mit den Füßen durch die Pfütze. »Guck mal, Mama.«

Mimi hebt die Kleine hoch und schwenkt sie durch die Luft, dass die Tropfen von Ännes Füßen spritzen.

Schluss mit der Wut, befiehlt sich Mimi. Sie muss sich beruhigen. Es ist nicht gut für das Kind, das sie in sich trägt, wenn sie sich so aufregt. Nicht gut für Änne. Für niemanden gut. Nein, der verlogene Kaiser mit seiner vermaledeiten Kriegspolitik wird ihr die Freude am Leben nicht nehmen. Sie, Mimi Heyn, lässt nicht zu, dass eine Schwarzseherin aus ihr wird.

Die Leere, die Heinrich hinterlassen hat, füllt Mimi mit Arbeit im Haus. Im Garten. An der Nähmaschine. Beim Spiel mit Änne. Mit Besuchen bei der Mutter oder bei Else und Friedrich.

Und die Nächte? Wenn das Bett sich zu groß anfühlt? Viel zu groß? Dann holt sie die Augenblicke hervor, die sie festgehalten hat. Die Momente, die sie im Innern immer bewahren will. Heinrich und Mimi.

Heinrich. Wovon er wohl träumt? Die helle Flamme. Der Funkenregen. Da komm ich ins Schwärmen. In guten und in bösen Tagen. Bis dass der Tod uns scheidet. Großer Gott, wir loben dich. Einszweidrei. Einszweidrei. Seine Hände auf ihrer Haut. Dass sie so zart sein können. Seine Stimme. Du machst mich froh. Was für ein winziges Menschlein sie ist. Blas die Kerzen aus. Wünsch dir was. Wünsch dir was.

Die Tage reihen sich aneinander zu Wochen.

Änne erzählt ihren Flickenpuppen Geschichten vom Vater im Krieg, weit weg von hier. »Aber wenn er erst nach Hause kommt, ich sag's euch, dann geht er nie wieder fort.«

Ja, denkt Mimi, wenn er erst nach Hause kommt …

Das Kind in ihrem Bauch wächst und bewegt sich.

Heinrich schreibt ab und zu Karten von der Front. In seiner großen schnörkellosen Schrift. Die Buchstaben alle ein wenig schief. *Es geht mir gut und Euch hoffentlich auch. In Liebe Heinrich*

Mimi befestigt die Karten mit Stecknadeln an der Wand über ihrem Bett, gleich neben dem Bild von Maria im Rosenhaag.

Heinrichs kurze Sätze weiß sie auswendig. Sie selbst mag es nicht, auf Postkarten zu schreiben, die jeder lesen kann. Und es passt ja auch viel zu wenig darauf von dem, was sie Heinrich erzählen will.

Dann steht eines Tages Mutter vor der Tür. Allein.

Ihr verweintes Gesicht. Der Brief, den sie in der Hand hält. »Mimi, unser Wilhelm …«

Mimi braucht nicht zu lesen. Da haben sie nicht mal gewusst, dass Wilhelm eingezogen worden ist, und jetzt …

Sanft drückt sie die Mutter auf einen Stuhl. Setzt sich still neben sie. Legt ihr einen Arm um die bebenden Schultern.

Noch nie hat sie Mutter so weinen sehen.

Dreizehn Kinder hat sie geboren …

Mimi fühlt, wie auch ihr die Tränen kommen.

Jahrelang hat sie sich vor einer Nachricht aus dem Harz gefürchtet. Doch nun kommt die Nachricht nicht aus dem Harz. Und es ist kein Grubenunglück, das der Mutter den Sohn und ihr den Bruder genommen hat.

»Gefallen für Kaiser und Vaterland, schreiben sie«, flüstert die Mutter an Mimis Schulter. »In Russland. Eine Mine. Er war sofort tot.«

Mimi kann nur nicken. Ihr Bruder. Ihr großer Bruder.

Die Trauer um Wilhelm, die Angst um Heinrich und das Leid der Mutter drücken Mimi wie Steine auf die Seele. Wie scharfkantige schwere Steine.

Lieber Heinrich,
seit drei Tagen ist unser Junge auf der Welt! Ein Wilhelm, ich hab ihn nach meinem Bruder benannt. Das ist dir doch recht? Mutter war wieder die Hebamme. Und Meta hat sich um Änne gekümmert.

Es war keine schwere Geburt, und der Kleine ist gesund und munter. Er macht mir so viel Freude. Ach Heinrich, wenn Du ihn doch sehen könntest. Sicher wird er mal so stark wie Du. Ännes Zeigefinger hat er gestern fest mit seinen Fingerchen umschlossen und nicht mehr losgelassen. Dabei wollte sie nur seine Hand streicheln. Ich musste sie regelrecht befreien.

Noch ist Änne kein bißchen eifersüchtig. Im Gegenteil. Sie ist vernarrt in den Bruder. Dauernd sitzt sie bei ihm an der Wiege. Sie sagt, daß sie auf ihn aufpaßt und singt ihm die Lieder vor, die Du mit ihr gesungen hast. Der Kuckuck und der Esel. Es tanzt ein Bi-Ba-Butzemann. Dann höre ich immer auch Deine Stimme.

Ich hab ja keine Erinnerung an Wilhelm und mich aus der Zeit, als wir so klein waren, aber ich stell es mir ähnlich vor. Nur war er der große Bruder, der auf mich aufgepaßt hat. So wie Änne jetzt auf den kleinen Willi. Wenn ich ihn tagsüber stille, setzt sie sich ganz von allein zu mir mit der Baby-Flickenpuppe, die ich ihr genäht habe, und hält sie an ihre Brust. Wir erzählen dann immer von Dir. Wie es sein wird, wenn Du erst wieder zu Hause bist. Änne sagt, daß sie Pfannkuchen mit Rübenkraut für Dich backen will, weil Du die so gerne ißt. Gestern hat sie schon zusammen mit mir geübt und laut gelacht, als der Teig in der heißen Pfanne zischte.

Wie mag es Dir gehen, Heinrich? Du schreibst so wenig. Das will ich Dir nicht vorwerfen. Du hast wahrscheinlich gar keine Zeit zum Schreiben. Es ist nur so, daß ich mir vorstellen möchte, Du wärest einigermaßen sicher in einem geschützten Unterstand. In Gedanken rede ich mit Dir. Und ich bete alle Tage für Dich. Ob Du das fühlst?

Was kann ich Dir noch erzählen? Arbeit habe ich genug. Die Nähmaschine ist immer im Einsatz. Und Du kannst Dich schon auf das nächste Päckchen von zu Hause freuen.

Meta hat darauf bestanden, die Ferien über bei uns zu wohnen. Sie ist auch ganz verrückt nach dem Kleinen. Genau wie Deine Eltern. Ich soll Dich von ihnen grüßen. Und von Mutter und Eduard. Änne gibt Dir einen Kuß.

Ich umarme dich, so fest ich kann, und warte, warte auf den Tag, an dem Du nach Hause kommst.

Deine Mimi

Heinrich soll nicht wissen, dass Wilhelm gefallen ist. Soll es nicht wissen, solange er selbst noch an der Front bleiben muss. Heinrich soll nicht wissen, dass Mimi sich vom Mund abspart, was sie in die Päckchen packt, die sie ihm schickt. Als Soldatenfrau kriegt sie ja kaum Geld vom Staat. Und das, was sie für einen Modesalon beiseite gelegt hat, ist längst aufgebraucht.

Das letzte Huhn hat Mimi gestern geschlachtet.

Bei jeder Mark, die sie von ihrem Ersparten ausgegeben hat, hat sie sich geschworen, dass sie nach dem Krieg aufs Neue anfängt zu sparen.

Bei jedem Huhn, das sie schlachten musste, hat sie sich vorgestellt, wie sie wieder Hühner haben würde, sobald Frieden wäre.

Wenn Heinrich doch wenigstens einmal auf Heimaturlaub käme …

»Was hast du, Mama?« Änne sieht Mimi forschend an. So blau sind ihre Augen. Blau und klar wie die von Heinrich.

»Ich hab an deinen Vater gedacht.«

Änne klettert auf Mimis Schoß. Kuschelt sich an die Mutter. »Soll ich dir eine Geschichte erzählen?«

Mimi nickt.

»Es war einmal ein Vater.« Änne zieht die Stirn kraus. »Der Vater zog in den Krieg. Und als er wieder nach Hause kam, waren alle froh.« Die Kleine macht eine Pause. »Bist du jetzt auch wieder froh?«

»Ja, Änne. Eine schöne Geschichte. Die musst du mir noch öfter erzählen.«

»Bis der Papa kommt?«

»Bis der Papa kommt.«

Mimi zieht Änne an sich. Die Kinder. Sie sind doch zum Freuen, alle beide. Mimi Heyn, du darfst dich nicht gehenlassen.

Sie schaut Änne zu, wie sie ihre Flickenpuppen füttert. Wie sie die bunten Knöpfe sortiert, die Mimi im Vorrat hat.

Und ihr Junge? Oft kann sie den Blick kaum von ihm wenden, wie er in der Wiege liegt, die kleinen Fäuste im Schlaf ganz entspannt. Dabei ballt er sie energisch, wenn er schreit, weil er Hunger hat. Er ist viel lebhafter als Änne. Ob er einmal genauso ehrgeizig wird, wie sein Onkel es war?

»Ich wünsch mir so sehr, dass du nicht in den Bergbau gehst, jedenfalls nicht unter Tage«, flüstert Mimi an Willis Wiege. »Und in den Krieg ziehen, das sollst du erst recht nie, niemals. Ich werd es verhindern. Das schwöre ich dir. Ganz egal, was sein wird, wenn du groß bist. Und wenn ich dich verstecken muss …«

In ihrem viel zu großen Bett sucht Mimi im Traum nach Heinrich. Immer in Angst, er könnte verwundet oder gefallen sein. Immer in Angst, eins der Kinder ginge ihr bei der Suche verloren. Angst, die sich nachts in ihr festkrallt und sich auch tagsüber nur schwer verscheuchen lässt. Nicht einmal mit den kostbaren Augenblicken aus Mimis Erinnerungsschatz.

Wünsch dir was. Wünsch dir was.

»Du darfst dich nicht verrückt machen«, sagt Fräulein Hoffmann, als Mimi wieder einmal für sie näht und von den Albträumen spricht. »Du steckst Änne noch an mit deinen Ängsten.« Sie deutet hinüber zu der Kleinen, die ein Bilderbuch anschaut.

»Sie haben leicht reden. Wenn Sie einen Mann im Krieg hätten …«, erschrocken schlägt Mimi die Hand vor den Mund. »Es tut mir leid. Ich hab kein Recht, Ihnen das zu sagen.«

»Doch, das hast du.« Fräulein Hoffmann schaut versonnen vor sich hin. »Ich weiß es ja wirklich nicht. Eine Zeit lang hätte ich mir schon vorstellen können, zu heiraten und Kinder zu bekommen. Aber mir ist der Richtige nicht begegnet. Vielleicht war ich zu wählerisch. Wollte meinen Lehrerberuf eigentlich auch nie aufgeben. Das hätte ich bei einer Heirat ja tun müssen. Und Kinder«, sie lächelt, »die hatte ich so schon genug. Dazu meine Freiheit. Die war mir immer wichtig.«

Also war nicht einmal eine unglückliche Liebe der Grund dafür, dass sie allein geblieben ist, denkt Mimi, dankbar für Fräulein Hoffmanns Vertrauen.

Ob Fräulein Hoffmann recht hat? Ob Mimis Furcht Änne wirklich schadet? Mimi kann es sich nicht vorstellen, wenn sie ihre Kleine beim Spielen mit Meta beobachtet. Änne wickelt ihre Flickenpuppen. Und Meta wickelt den kleinen Willi. Die stolze Tante, die doch selbst noch ein halbes Kind ist. Sie nimmt Änne mit nach draußen. Malt Himmel-und-Hölle-Kästchen mit Kreide auf den Bürgersteig.

Das Lachen der Mädchen. Es schallt bis zu Mimi herauf. Sie öffnet ein Fenster und schaut den beiden zu. Himmel und Hölle. Wie sie das Steinchen werfen und hinterherhüpfen. Die erhitzten lachenden Gesichter. Füße, die nur so fliegen. Es tanzt ein Bi-Ba-Butzemann. Einszweidrei. Einszweidrei.

Wenn Mimi dann an ihre Nähmaschine zurückkehrt, stellt sie sich vor, Heinrich stünde plötzlich in der Tür. Das Aufleuchten in seinen Augen. Mimi, sagt er, und in seiner Stimme summt es vor Glück. Diesen Moment herbeiträumen. Träumen. Alles wird gut. Sie muss nur fest daran glauben.

Hilf, Maria, hilf …

Adi wird einberufen wie andere seines Jahrgangs auch.

»Es ist ein Irrtum. Du musst nicht, du bist der jüngste Sohn«, versucht Else ihn zu überzeugen. »Du brauchst es nur an die Musterungsstelle zu schreiben oder Bescheid zu sagen, dann widerrufen sie den Befehl. Das weiß ich inzwischen. Bitte, mein Junge!«

»Deine Mutter hat recht. Ich denke genauso. Bring dich nicht unnötig in Gefahr«, beschwört Mimi ihn.

»Ich kann nicht, das geht mir gegen die Ehre! Ich will nicht hinter den Brüdern zurückstehen.«

»Und was haben wir von der Ehre, wenn man dich tötet oder zum Invaliden macht«, schreit Else außer sich und fängt an zu schluchzen.

Da bricht es aus Adi heraus: »Ich will doch gar nicht mehr in den Krieg! Ich weiß längst, was da passiert! Aber hab ich denn eine Wahl? Soll ich als Feigling dastehen?«

Mimi bleibt bei Else sitzen und streichelt ihr sanft den Rücken, bis ihre Schultern sich entspannen und sie sich ein wenig beruhigt.

Am nächsten Morgen klopft die Schwiegermutter in aller Herrgottsfrühe bei Mimi. »Adi ist weg«, sagt sie mit ausdrucksloser Stimme und zeigt Mimi den Zettel, den sie in Adis Zimmer gefunden hat.

Liebe Eltern, liebe Mimi!

Ich mußte mich davonschleichen. Ich ertrage es nicht, wenn Ihr um mich weint. Verzeiht mir, wenn ich Euch wehtue. Ich werde schreiben, sobald ich bei meiner Truppe bin.

Euer Adi

»Nur damit du Bescheid weißt«, sagt Else mit dieser neuen, tonlosen Stimme. Ihr Blick ist leer. Das schmerzt Mimi noch mehr als das Weinen und Schluchzen gestern.

Als sie die Schwiegermutter nach Hause begleiten will, schüttelt Else heftig den Kopf. »Bleib. Ich muss allein sein.«

Noch immer kommen Kunden mit Nähaufträgen zu Mimi. Doch kaum einer kann sich neue Kleider leisten. Meistens flickt sie ihnen die alten, abgetragenen, als es fast nur noch Stoffersatz aus Brennnesseln, Schilf und Papier zu kaufen gibt. Sie lässt Säume heraus, und wenn das nicht reicht, stückelt sie Stoffreste an, so, dass es aussieht, als wäre das Kleid von Anfang an so und nicht anders gedacht gewesen.

Auf ihren Lohn muss Mimi oft lange warten. Oder die Leute zahlen gar nicht, weil sie nichts mehr haben.

Mimi nimmt am liebsten Lebensmittel im Tausch. Brot, Kartoffeln, Eier oder Milch, manchmal auch ein Stück Fleisch oder Knochen für eine Suppe. Denn was es auf die zugeteilten Lebensmittelkarten gibt, wird immer weniger, je länger der Krieg dauert.

Zum Hamstern aufs Land zu fahren wie so viele andere, das traut Mimi sich nicht mit den kleinen Kindern.

Um Willi zu stillen, hat sie zum Glück noch genügend Milch. Und auch, wenn sie selbst oft nicht satt wird, Änne muss nicht hungern. Mimi hat sich geschworen, das durchzuhalten. Sie, die als Kind oft hungrig blieb, weil der Stiefvater ihr das Essen nicht gönnte.

»Warum gibt es jeden Tag Steckrüben?«, fragt Änne, die Mimi beim Kochen zuschaut.

»Weil … der Krieg«, stottert Mimi und versucht zu erklären, dass viele Bauern in den Krieg ziehen mussten und nicht auf ihren Feldern arbeiten können. Dass es deshalb wenig Getreide für Brot gibt und wenig Kartoffeln und Gemüse. »Und die Soldaten, die brauchen doch auch jeden Tag was zu essen. Da sind diesen Winter wohl nur die Steckrüben für uns übriggeblieben.«

»Papa muss satt werden. Sonst wird er krank und kann nicht nach Hause kommen«, sagt Änne wie eine Große. Und ohne zu murren, isst sie Tag für Tag Steckrübenbrei.

Eines Abends bringt Mimi ein geändertes Kleid zu einer Kundin ins Haus. Die Frau hat immer sofort bezahlt. Und so ist es zum Glück diesmal auch. Mimi bekommt Geld, das sie in ihre Rocktasche steckt, und obendrein ein Stück Wurst.

Jetzt bloß schnell nach Hause! Es wird schon dunkel, und die Kleinen sollten nicht länger allein sein.

Als Mimi Schritte hinter sich hört, läuft sie noch schneller. Dreht sich gar nicht erst um. Heilige Maria …

Der da mit eisenbeschlagenen Schuhen läuft, kann nur ein Mann sein. Doch das muss nichts bedeuten, versucht Mimi sich zu beruhigen. Da will einer auch bloß rasch nach Hause.

Näher kommen die Schritte. Mimi rennt. Rennt. Der andere rennt auch. Schnell. Schneller. Sie spürt seinen Atem.

Mimi wird hart von hinten gepackt und zu Boden geschleudert. Schon ist der Fremde über ihr mit einem Keuchen und Gier in den Augen.

Mimi versucht ihn abzuschütteln, von sich zu stoßen. Aber er drückt ihre Hände beiseite und reißt ihr so grob die Bluse auf, dass Knöpfe abspringen. Greift nach ihren Brüsten. Mimi will schreien, doch aus ihrer Kehle kommt fast kein Ton.

»Lassen Sie die Frau los! Aber sofort!«, befiehlt eine energische Stimme, die Mimi vertraut ist.

Jakob Hirsch zerrt den Fremden von ihr weg. »Ich sollte dich zur Polizeiwache schleppen«, droht er dem Kerl. »Hat der Krieg dich derart verroht?«

Mit einem heftigen Ruck befreit sich der Mann und stürzt davon.

Jakob Hirsch hilft Mimi auf.

»Danke.« Sie zittert am ganzen Körper.

»Mein Gott, Sie sind es, Mimi. Ich kenne Sie doch. Sagen Sie mir, wo Sie wohnen. Ich bringe Sie nach Hause.«

»Ich … ich hab's nicht weit«, stammelt Mimi und hält sich die Bluse über der Brust zusammen. Sie schämt sich so.

»Ich möchte Sie trotzdem begleiten, sicher ist sicher«, sagt Jakob Hirsch ruhig. »Ein Umweg macht mir nichts aus.«

Schweigend geht er neben ihr. Und als er sich vor der Haustür verabschiedet, drückt er ihr schnell das Stück Wurst in die Hand, das er auch noch für sie gerettet hat.

Wieder kann Mimi nur »danke« stammeln.

»Ich weiß, wie gut Sie nähen«, ruft er ihr nach. »Wenn Sie wollen, schicke ich Ihnen Leute, die nach einer Schneiderin fragen.«

Ob er Mimis letztes Danke noch gehört hat?

Im Hausflur bleibt sie stehen und lehnt sich an die Wand, bis ihr Herz ruhiger schlägt.

Sie schaut nach den Kindern. Atmet auf, als sie sieht, dass beide schlafen. Das Geld aus ihrer Rocktasche versteckt sie im Nähkasten. Die Bluse wirft sie zum Flickzeug. Mimi schüttet Waschwasser in die blaue Emailleschüssel und wäscht sich so gründlich, dass die Haut anfängt zu brennen.

Als sie im Bett liegt, kann sie nicht einschlafen. Sie steht wieder auf und versucht, an Heinrich zu schreiben. Aber sie bringt nur wenige Sätze zustande. Von dem, was ihr heute Abend widerfahren ist, will sie ihm niemals berichten. Nein. Nie.

Heinrich. Wenn er doch hier wäre. Sie sehnt sich so.

Ein paar Tage später weiß sie, dass Jakob Hirsch auch ihr letztes Danke gehört hat. Eine Kundin kommt auf seine Empfehlung zu ihr. Gleich zwei Kleider will sie sich nähen lassen und eine Jacke. Weil sie mit den Sachen zufrieden ist, schickt sie auch ihre Schwester und ihre Freundin zu Mimi. So werden es bald immer mehr Kundinnen. Darunter sind Frauen, die sich dann und wann echten Kleiderstoff noch aus der Zeit von vor dem Krieg leisten können. Frauen, die Mimi anständig bezahlen.

Alle paar Tage geht sie mit den Kindern Else und Friedrich besuchen. Will ihnen Tochter sein.

»Bin so froh, wenn ihr kommt, Mimi«, sagt Friedrich. »Else ist krank vor Angst. Zuckt zusammen, wenn es bloß an der Tür läutet.«

Ja, die Angst vor Nachrichten, wie Mutter eine bekommen hat, denkt Mimi. Die Angst der Millionen Frauen und Mütter von Soldaten. Meine Angst.

»Else sitzt fast nur noch in Adis Zimmer«, fährt Friedrich im Flüsterton fort. »Immer mit Rosenkranz. Ein Gegrüßet seist du Maria nach dem anderen. Dabei konnte die Gottesmutter den eigenen Sohn doch auch nicht retten.«

»Wenn es Else hilft«, wendet Mimi ein.

»Die Kinder muntern sie auf. Und mich auch.« Friedrich streicht Änne über den Kopf. Nimmt Willi auf den Arm.

Änne bringt der Großmutter das Bild, das sie gemalt hat. Drei Männchen mit runden Köpfen und wenigen Haaren. Die Augen schief im Gesicht. Über ihnen eine große Sonne. Die Männer stehen vor einem Förderturm. »Bei dem Turm hat Mama mir geholfen«, sagt Änne. »Da siehst du, Oma, dass Papa, Onkel Ewald und Onkel Adi wieder zu Hause sind.«

»Danke, mein Mädchen. Ein schönes Bild.« Else zieht ein Taschentuch aus dem Ärmel und putzt sich die Nase.

Alle drei Söhne im Krieg, denkt Mimi. Wie sollen Eltern das aushalten?

»Sie kommen bestimmt bald nach Hause«, sagt Änne.

Ja, bald. Hoffentlich bald.

Nicht zweifeln, beschwört sich Mimi im Stillen.

Wünsch dir was. Wünsch dir was. Hilf, Maria.

Auf Heinrichs Karten stehen immer nur wenige Sätze. Aber Mimi ist dankbar für jedes Lebenszeichen. Sie liest Änne vor, was Heinrich geschrieben hat, und hofft immer noch, dass er auf Heimaturlaub kommt.

Doch davon ist nie die Rede.

Einmal bringt der Postbote statt einer Karte einen Brief.

Liebe Mimi,
Du hast Dir gewünscht, dass ich mehr von mir erzähle. Ich habe lange gebraucht, um überhaupt anzufangen. Habe die Blätter immer wieder nach den ersten Sätzen weggeworfen. Und ich weiß auch nicht, ob ich diesen Brief hier zu Ende schreibe. Ob ich dir überhaupt alles schreiben werde. Ich will Dir doch keine Angst machen. Aber Ihr hört sicher ohnehin zu Hause viel über diesen schrecklichen Krieg.

Ja, er ist schrecklich. Ich hatte ja keine Ahnung. Du weißt, ich habe von Anfang an nichts von der Kriegsbegeisterung gehalten. Wollte nie an die Front. Doch inzwischen sagen sogar die meisten von den Kameraden, die anfangs so für den Krieg waren, dass sie kriegsmüde geworden sind.

Manche behaupten zwar, daß man sich an die Gefahr gewöhnt. Davon seh ich nichts. Und ich werde mich nie gewöhnen. Nicht an das Artilleriefeuer, nicht an die vielen Verletzten und Toten. Nicht an den Hunger, die Kälte, den Dreck in den Unterständen, die Nächte ohne Schlaf, die Scharen von Ratten und die Läuse.

Ich weiß ja, wie anstrengend und gefährlich es ist, in der Dunkelheit unter Tage zu arbeiten. Bergmannshemd ist Totenhemd, so sagt man doch. Aber die Arbeit als Bergmann ist nichts, verglichen mit dem Leben im Schützengraben.

Ich bin nur froh, daß ich harte Arbeit gewohnt bin. Wenn ich die jungen Burschen sehe, die noch nie richtig körperlich arbeiten mußten. Die wie im Rausch in den Krieg gezogen sind. Was für ein Elend!

Wenn sie Unterstände ausheben sollen, Stollen in die Erde treiben müssen, bluten ihnen nach kurzer Zeit die Hände. Sie machen schlapp vor Anstrengung. Mit Handwerkszeug können sie nicht umgehen. In unserer Kompanie haben wir auch solche Soldaten, enttäuscht vom Krieg. Mein Gott, und wie jung sie sind! Einer, Christoph, hat es besonders schwer. Er ist erst achtzehn. Hat sich freiwillig von der Schule weg zum

Militär gemeldet. Ein lieber Kerl. Doch er hält das alles hier kaum aus. Wie soll er denn, wenn ich es schon nur mit Mühe ertragen kann!

Manchmal seh ich den Jungen vor Heimweh und Verzweiflung weinen. Vorige Woche hat er sich verletzt, als wir aus Baumstämmen Holzstützen für überdachte Gräben zurechtsägen sollten. Ich versuche ihm Arbeit abzunehmen, aber unser Hauptmann hat zumeist ein Auge auf uns. Er sagt, daß die jungen Leute abgehärtet werden müßten. Dabei macht diese Härte die Jungs bloß kaputt.

Und wenn es unter uns Soldaten auch einen Zusammenhalt gibt, so ist das doch nicht damit zu vergleichen, wie wir uns in einer Kameradschaft im Bergwerk aufeinander verlassen konnten. Wo einer für den anderen da war. Hier gibt es Tag und Nacht Kampf. Da ist manch einer nur noch sich selbst der Nächste.

Ich hoffe, daß unser Willi später nie so etwas durchmachen muß! Ich sehne mich danach, den Kleinen endlich zu sehen. Änne wiederzusehen, unsere Große. Und dich, meine Mimi.

Immerhin beneide ich Christoph um eins: Er kann richtig Französisch. Und ich kann nur ça va, bonjour und merci. Wie gerne würde ich den Leuten hier im Dorf sagen, daß ich sie nicht als Feinde ansehe. Daß ich den Krieg hasse und lieber heute als morgen dieses schöne Land verlassen möchte, ohne es noch mehr zu verwüsten. Damit die Menschen wieder ihr normales Leben haben. Und wir auch.

Liebe Mimi, Du sollst wissen, daß ich vorsichtig bin. Ich will unbedingt am Leben bleiben.

Wie schaffst Du es, über die Hungerzeit zu kommen? Du bist erfinderisch und tapfer, ich weiß. Schreibe mir. Deine Briefe sind meine einzige Freude in dieser Hölle. Bis hoffentlich bald. Wenn es doch endlich Frieden gäbe!

Ich umarme Dich.

Dein Dich liebender Mann

Noch etwas:

Du weißt ja, es liegt mir nicht, viele Worte zu machen. Es ist so schwer, die richtigen zu finden. An diesem Brief habe ich sehr, sehr lange geschrieben, das kannst du mir glauben.

Mimi starrt auf die an manchen Stellen verschmierte Schrift. Zwischendurch Sätze wie mit stumpfem Bleistift geschrieben, manche nur schwer leserlich. Wie viel Angst muss er haben, ihr Heinrich, dass er ihr einen solchen Brief schreibt. Und dass er anscheinend sogar die Zensur vergisst, die es doch geben soll, wie es heißt.

Du bist erfinderisch und tapfer.

Ja, das muss sie sein! Und sie wird es sein. Das ist ein Versprechen.

Fräulein Hoffmann schenkt Mimi eine Landkarte von Frankreich. Die faltet sie auf dem Küchentisch auseinander. Fährt mit dem Finger über Flüsse und Orte. Marne. Somme. Verdun. Dort irgendwo liegt ein kleines Dorf mit einem komplizierten Namen, wo ihr Heinrich ausharren muss in einem Krieg, den er verabscheut. Ein Krieg, der ihn jeden Augenblick aus dem Leben reißen kann.

Wie er Wilhelm aus dem Leben gerissen hat.

Heilige Maria …

»Gehst du mit mir zum Friedhof?«

Mimi wundert sich nicht über Mutters Bitte. Vielleicht fühlt sie sich bei den Toten dem gefallenen Sohn näher. An seinem Grab kann sie ja nicht um Wilhelm trauern.

Schweigend gehen sie nebeneinander. Mimi schiebt den Kinderwagen.

Änne läuft an der Hand der Großmutter und manchmal auch ein Stückchen voraus. Sie kennt schon den Weg zu den Kindergräbern.

Josef und Gregor. Mathilde und Johanna.

Vier schlichte Holzkreuze.

Dreizehn Kinder hat Mutter geboren …

Es fällt Mimi schwer zu beten.

»Sie waren so klein, als sie starben. Nur so kurze Zeit auf der Welt«, murmelt die Mutter. »Und jetzt Wilhelm …«

»Großmutter, die hab ich gepflückt.« Änne hält Gänseblümchen in der verschwitzten kleinen Hand und hüpft von einem Grab zum nächsten.

Jedes bekommt ein paar Blümchen.

»Hast du von Heinrich gehört?«, fragt die Mutter.

Mimi nimmt seinen Brief aus der Schublade.

Hilflos hält die Mutter das Papier in der rauen Hand. »Irgendwas ist mit meinen Augen«, seufzt sie. »Wenn ich lesen will, verschwimmen die Buchstaben.«

Mimi erschrickt. »Hast du das schon länger?«

»Weiß nicht. Wann komme ich schon zum Lesen?«

»Du musst zum Arzt, Mutter. Musst das untersuchen lassen. Soll ich mit dir gehen?«

»Ach was. Das schaff ich allein. Was schreibt Heinrich denn?«

»Dass … dass Frankreich ein schönes Land ist. Dass er sogar schon ein paar Worte Französisch kann. Und wie sehr er sich auf zu Hause freut.«

Mimi möchte am liebsten Augen und Ohren verschließen vor den Berichten von der Front. Das, was die Soldaten erzählen, die auf Heimaturlaub kommen, ist genauso schlimm wie das, was Heinrich schreibt. Keine Rede mehr von strahlenden Siegern. Von Toten und Verstümmelten flüstern die Frauen, die bei Mimi nähen lassen. Von Schützengräben, die keinen Schutz bieten. Von Schikane. Von Soldaten, die über all dem Schrecklichen, das sie Tag für Tag erlebt haben, verrückt geworden sind. Dabei heißt die Parole der oberen Militärs nach wie vor: ausharren und siegen!

Mimi bekommt immer häufiger verschlissene Uniformen und Soldatenmäntel mit Rissen und Löchern angeboten. Die brauchbaren Reste stückelt sie zu warmen Jacken, Mänteln und Decken. Und allen schlechten Nachrichten zum Trotz näht sie Stich um Stich Hoffnung in den feldgrauen Stoff.

Wünsch dir was. Wünsch dir was.

Mimi trifft Nella auf der Straße. In Eile. Abgekämpft. Ihr Atem geht schwer. »Keine Post mehr von Ignaz«, stößt sie hervor. »Vermisst, schreiben sie. Vermisst. Nicht tot. Vielleicht weiß einer von den Soldaten … Ignaz kann doch nicht einfach verschwinden.«

»Du willst zu Soldaten, die auf Urlaub sind?«

Nella nickt. »War gerade bei einem. Der wusste nichts. Hat mich weiter geschickt.« Sie zeigt Mimi den Zettel mit Namen und Adresse.

Die schüchterne, stille Nella geht zu Fremden, um nach ihrem Mann zu fragen. »Komm wenigstens kurz mit zu uns«, bittet Mimi. »Ruh dich ein bisschen aus.«

»Aber ich …«

»Du musst unseren Hagebuttentee probieren, der schmeckt gut.« Änne fasst nach Nellas Hand. Da geht Nella ohne Widerspruch mit.

»Und dein Mann?«, fragt sie, als sie bei Mimi auf dem Sofa sitzt und Tee eingeschenkt bekommt.

»Es ist schon eine Weile her, seit wir zuletzt von ihm gehört haben. Aber ich will ganz fest daran glauben, dass er zurückkehrt.«

»Das will ich auch. Glauben, dass unsere Männer nach Hause kommen. Gesund.« Mit einem Seufzer stellt Nella die Tasse ab. »Danke, Mimi. Und jetzt muss ich weiter.«

1918-1920

Die Friedensverhandlungen ziehen sich hin. Als in Russland die Kämpfe beendet sind, gehen sie in Frankreich noch Monate lang weiter.

Bis endlich der Waffenstillstand verkündet wird.

Jetzt kommt Heinrich nach Hause. Jetzt muss er nach Hause kommen. Mimi wartet und hofft.

Heilige Maria …

An einem kalten Novembernachmittag steht er in der Tür.

Ihr Heinrich. Kein Traumbild.

Ihr Heinrich, aber so abgemagert, dass der Mantel ihm viel zu weit ist. Mit dichtem Vollbart und dunklen Schatten unter den Augen.

Heinrich, um mehr als die Kriegsjahre gealtert.

»Mimi!«

»Heinrich!«

Unbeholfen umarmen sie sich.

Heinrich zieht den schmutzigen Soldatenmantel aus und die verdreckten Stiefel von den Füßen. Dann lässt er sich in der Küche auf einen Stuhl fallen.

Er entdeckt Änne, die sich unterm Tisch verkrochen hat. »Komm her, mein Mädchen.« Er beugt sich zu ihr runter. »Dein Vater muss doch sehen, wie groß du geworden bist.«

Änne sieht Mimi Hilfe suchend an. Erst als die Mutter ihr zunickt, wagt Änne sich näher.

»Du warst noch so klein, als ich fort musste.« Heinrichs Stimme zittert.

Änne starrt mit großen Augen.

»Jetzt gehst du sogar schon zur Schule.«

»Ja.« Mehr bringt Änne nicht raus.

Willi ruft von nebenan. Er ist vom Mittagsschlaf aufgewacht. Mimi holt den Kleinen in die Küche. Als er Heinrich sieht, fängt er an zu weinen.

Auch Heinrich laufen Tränen übers Gesicht. »Dieser Krieg«, murmelt er. »Jahre, die man uns gestohlen hat. Jetzt bin ich den eigenen Kindern fremd.«

»Wir müssen Geduld haben.« Mimi stellt ein Glas Wasser vor Heinrich auf den Tisch. Dabei geht ihr durch den Kopf, dass sie nur noch wenig Steckrübenbrei vom Mittag übrig hat. »Heinrich, ich lauf schnell zu Kolpes. Du brauchst was Ordentliches in den Magen. Ich hab nichts im Haus.«

»Aber die Kinder …«

»Die nehm ich mit. Ruh dich inzwischen aus.«

Der Bauer macht Mimi die Tür auf. Ihr Magen zieht sich zusammen.

»Hat meine Frau Sie bestellt?«, knurrt Kolpe.

»Nein.« Mimi sucht nach den richtigen Worten. »Mein Mann ist eben halb verhungert aus dem Krieg heimgekehrt. Ich möchte um etwas Fleisch bitten und um Suppenknochen …«

»Halb verhungert? Sind wir das nicht alle?«, fällt ihr der Bauer ins Wort.

»Ich nähe und flicke für Sie. Ich will keine Almosen«, versucht Mimi es noch einmal. Sie wollte doch nie um etwas zu essen bitten.

»Nähen? In diesen Zeiten?«, höhnt der Bauer. »Da trägt man auf, was man hat.« Er will ihr die Tür vor der Nase zuschlagen.

»Halt!«, sagt Mimi. »Hab ich nicht immer für Sie und Ihre Familie genäht? Sogar sonntags, wenn es eilig war? Für wenig Geld. Sie können mich nicht so wegschicken.«

Einen Moment wirkt der Bauer unschlüssig. Dann murmelt er »Gute Nacht« und zieht schnell die Tür zu.

Änne und Willi geben keinen Mucks von sich.

Mimi schluckt. Sie fühlt einen gewaltigen Zorn in sich aufsteigen. Soll sie wirklich mit leeren Händen nach Hause?

Da sieht sie eine Bewegung am Küchenfenster. Ein Winken. Hanna? Nein, die Bäuerin. Sie legt einen Finger an die Lippen und macht ein Zeichen mit der Hand. Heißt das, dass ich vor dem Tor warten soll?, fragt sich Mimi.

»Kommt, Kinder«, sagt sie leise und geht mit ihnen nach draußen vor das Hoftor.

Änne schluchzt. »Warum ist der Bauer so böse?«

»Sicher kommen zu viele Leute, die Hunger haben.« Mimi spürt selbst Tränen hinter den Augenlidern. Bloß jetzt nicht weinen! Und vielleicht hat sie das Winken ja richtig gedeutet. Vielleicht …

Der Hund des Bauern kläfft unaufhörlich.

Mimi stellt sich mit dem Rücken in den Wind. Wickelt ihren Schal um die Kinder. Drückt sie beide fest an sich. Wartet frierend mit klopfendem Herzen. Die Füße wie Eis. Sie muss nach Hause. Sie kann nicht länger mit den Kleinen in der Kälte ausharren.

Und dann sieht sie doch noch Frau Kolpe mit raschen Schritten auf sich zukommen. »Der Bauer braucht's nicht zu wissen«, flüstert die Bäuerin und steckt Mimi schnell ein schweres Bündel zu.

»Danke, ich mach's wieder gut.«

»Ich tu's für Hanna, ihr Mann …« Die Bäuerin wirft einen hastigen Blick aufs Haus und wendet sich zum Gehen.

»Was ist mit Thomas?«, ruft Mimi ihr leise nach.

Die Frage geht unter im Hundegebell.

Als Mimi nach Hause kommt, liegt Heinrich in Uniform auf dem Bett und schläft.

Mimi nimmt die Kinder mit in die Küche und packt aus, was Frau Kolpe ihr zugesteckt hat. Ein großes Stück Suppenfleisch, dazu Porree und Karotten. Sogar einen geräucherten Schinken. Das Frühstück damals mit Hanna. Nicht daran denken … Mimi bindet sich eine Schürze um und kocht Suppe. Erst als die fertig und das Fleisch gar ist, weckt sie Heinrich. »Iss langsam«, sagt sie, als sie alle am Tisch sitzen. »Dein Magen …«

»… ist nichts mehr gewöhnt«, vollendet er ihren Satz. »Wie gut das riecht!«

Mimi gibt auch den Kindern von der Suppe. Sie selbst nimmt sich den Rest Steckrübenbrei.

»Kommt nicht infrage«, protestiert Heinrich. »Wir teilen. Ich weiß doch, wie sehr ihr gehungert habt. Auch wenn du nie darüber geschrieben hast.«

»Du hattest mehr als genug auszuhalten.«

»Ich hab auch so vom Steckrübenwinter gehört.« Er schaut Mimi an. »Schön bist du immer noch«, murmelt er. »Aber so schmal.«

»Man hat uns gesagt, die Esswaren gingen überwiegend an die Front. Weil ihr Soldaten sie dringender brauchtet um durchzuhalten. Doch wenn ich dich ansehe …«

»Wird schon stimmen, dass man die Front reichlich beliefert hat. Die Oberbefehlshaber, die Generäle und Hauptleute und höheren Offiziere, die haben sich die Bäuche vollgeschlagen.« Heinrich schiebt seinen Teller von sich. »Und ich schaff es nicht mal, diesen hier leer zu essen. Bin's wirklich nicht mehr gewöhnt.«

»Ich heb's für morgen auf.« Mimi räumt den Tisch ab.

»Heinrich, hast du eigentlich nie Heimaturlaub beantragt?« Die Frage rutscht ihr so raus.

»Doch. Aber erst hat man mich auf später vertröstet. Und später hieß es, wer sich auch noch die Arbeit junger Drückeberger aufladen kann, hat wohl keinen Urlaub nötig.«

»Weil du diesem Jungen geholfen hast?«, fragt Mimi bestürzt.

Heinrich nickt. »Das konnte ich dir nicht schreiben.«

»Nein. Mein Gott, Heinrich.«

»Dass Christoph sich verletzt hat, wurde ihm als Selbstverstümmelung ausgelegt. Und ich hätte ihm angeblich dabei geholfen. Um ein Haar hätten sie mich vors Kriegsgericht geschleppt.«

Als Mimi die Kinder schlafen legt, schaut Heinrich zu. Er singt nicht mit wie früher beim Gutenachtlied für Änne. Er betet nicht mit bei *Abends, wenn ich schlafen geh*.

Und als er später neben Mimi im Bett liegt, murmelt er kaum verständlich: »Bitte kein Wort mehr über den Krieg.« Dann ist er auch schon wieder eingeschlafen.

Mimi liegt lange wach. Lauscht seinen Atemzügen. Heute Nacht fühlt sich das Bett klein an. Klein und eng.

Wo bleibt deine Freude?, fragt Mimis innere Stimme. Wie sehr hast du Heinrich herbeigesehnt. Und jetzt?

Ja, und jetzt? Wir brauchen Geduld, um uns wieder aneinander zu gewöhnen, antwortet Mimi sich selbst.

In den nächsten Tagen dankt Mimi Gott in der evangelischen Kirche, und in der katholischen zündet sie Kerzen an. Heilige Maria, du bist voll der Gnade.

Ja, Mimi ist dankbar. Und doch …

Heinrich spricht nicht über das, was er erlebt hat. Seinen Brief von der Front erwähnen sie beide nie. Aber Mimi liest es in seinen Augen: Er hat zu viele Dinge gesehen, die ihn verstört haben. Und sie spürt es an seinen Umarmungen, wenn er sich nachts an sie drängt, als könne sie ihn erlösen.

»Du musst vergessen, Heinrich, der Krieg ist vorbei«, flüstert Mimi und hält ihn fest umschlungen.

»Ach Mimi«, schluchzt er. »Wenn ich doch nur vergessen könnte.«

Es fällt ihr schwer, ihm von Wilhelms Tod zu erzählen. Heinrich hat ihn ja nur einmal gesehen. Bei der Hochzeit. Aber er weiß von Mimis Verbundenheit mit dem Bruder.

»Immer erwischt es die Falschen«, sagt Heinrich mit abgewandtem Blick. »Es tut mir so leid.«

Manchmal, wenn Mimi an der Nähmaschine sitzt, streicht sie über ihren Bauch, der sich demnächst wieder runden wird. Friedenskind, denkt sie halb zweifelnd, halb hoffnungsvoll. Friedenskind.

Der Krieg ist zu Ende. Und ist es doch noch lange nicht.

Liebe Mimi,

Thomas ist vor ein paar Wochen heimgekommen, schwer verletzt. Etliche Granatsplitter haben ihn getroffen. Er hat schon drei Operationen hinter sich. Ich sitze jeden Tag im Krankenhaus an seinem Bett und versuche nicht zu weinen. Er ist so geduldig und tapfer. Also muß ich es auch sein.

Weißt du noch, dieser Morgen bei meinen Eltern auf dem Hof? Als wir über Deinen Heinrich und über meinen Thomas gesprochen haben? Wie hoffnungsfroh wir damals waren. Wie ahnungslos haben wir in die Zukunft geblickt, Mimi. Und jetzt? Ich könnte schon wieder weinen.

Alles Gute für Dich und Deine Familie wünscht Dir

Hanna

Wenn Thomas bloß am Leben bleibt!

Wenn er bloß wieder gesund wird.

Heilige Maria …

Nachts im Traum sucht Mimi weiter nach Heinrich. Sucht und sucht und kann ihn nicht finden.

Der Kaiser, auf den Mimi noch immer zornig ist, hat abdanken müssen. Nach Holland ist er geflohen. Mit vierzig

Eisenbahnwaggons. Ihm geht es gut, steht in der Zeitung. Aber wird es in Deutschland jetzt tatsächlich besser?

Republik. Das Wort musste Mimi erst lernen. Kurze Zeit die Arbeiter- und Soldatenräte. Mit wie viel Gewalt sind sie von den Freikorps niedergeschlagen worden. Mimi hat das alles nicht durchschaut.

Sie weiß nur, dass es nicht richtig gewesen sein kann.

Sie weiß nur, dass die Menschen um sie herum genau wie sie vom Frieden geträumt haben. Und der hätte doch kommen müssen, als der Krieg endlich aus war. Aber die Republik bringt keinen echten Frieden. Immer wieder wird von Umsturzversuchen gemunkelt. Und für Gerechtigkeit sorgt die neue Regierung auch nicht.

So viele Menschen, die immer noch leiden! So viele, die sterben an den Kriegsfolgen, an Verletzungen oder an Krankheiten, die vom Hunger kommen. Hunger, der für die allermeisten auch jetzt nicht aufhört. Weil nicht reicht, was so spärlich über Lebensmittelkarten zugeteilt wird. Und weil selbst dieses Wenige oft nicht zu haben ist.

»Es sind mal wieder die Reichen, die selbst in diesen Zeiten noch reicher werden«, sagt Eduard. »Und unsereins kann sehen, wo er bleibt.«

So vergeht der Winter.

Die Mutter erwähnt Wilhelm fast nie, wenn Mimi sie besucht. Doch Mimi kennt ihre Mutter. Sieht die Spuren der heimlich geweinten Tränen. Die Spuren durchgrübelter Nächte. Mimi kennt auch Eduard und die Kinder gut genug. Sie alle wirken verändert. Selbst Meta ist in sich gekehrt. Wilhelms Tod hat einen Schatten auf die ganze Familie geworfen.

Und die Schwiegereltern? Es ist, als hätten sie in den Kriegsjahren zu viel von ihrer Kraft aufgebraucht. Friedrich, der so gern mit den Gästen in der Schankstube gescherzt hat, sitzt jetzt oft in der Küche am Fenster und sagt, er müsse sich ausruhen.

Elses Bewegungen sind fahrig geworden. Wie von einer ständigen inneren Unruhe getrieben, läuft sie im Haus herum. Zuckt noch immer zusammen, wenn es an der Haustür läutet. Hat ständig den Rosenkranz in der Schürzentasche und ein Taschentuch im Ärmel. Mehr als einmal lässt sie Geschirr fallen. Stößt sich an einem Möbelstück. Stolpert über Treppenstufen. Dabei sind doch alle drei Söhne von der Front zurück.

Am schlimmsten für Mimi ist Heinrichs Trostlosigkeit. Die will und will nicht vergehen. Von der Arbeit kommt er erschöpft nach Hause.

Mimi wartet vergebens darauf, dass er wieder anfängt, die Kinder mit lustigen Liedern zum Lachen zu bringen. Wartet vergebens darauf, dass Heinrich die Pfannkuchen mit Rübenkraut schmecken, die sie mit Änne für ihn backt. Dass ihm die gebratenen grünen Heringe und der Streuselkuchen schmecken. Mit wie viel Appetit hat Heinrich früher gegessen. Jetzt sitzt er beim Essen lustlos am Tisch, gleichgültig für das, was auf seinen Teller kommt. Heinrich ist noch viel stiller geworden als vor dem Krieg. Und so ernst. Aber sind das nicht die meisten Kriegsheimkehrer?

Auch seine Brüder sind kaum wiederzuerkennen. In Adis jungenhafte Gesichtszüge scheint sich für immer ein bitterer Zug eingegraben zu haben. Als er einmal zusammen mit Ewald bei Mimi und Heinrich vorbeischaut, sagt er heftig: »Es war die Hölle. Ich hab nicht mehr geglaubt, lebend da rauszukommen. Ich Idiot! Wollte ein Held sein wie meine Brüder. Hätte ich bloß auf Mutter und Mimi gehört.«

»Held?« Heinrich schüttelt den Kopf.

»Mir sind nur ein paar Zehen erfroren, und das Trommelfell war geplatzt.« Ewald stockt. »Aber Carl …«

Mimi weiß von Else, dass Ewalds bester Freund nach einem Bauchschuss gestorben ist. Dass Ewald bei ihm war und nicht helfen konnte. Und dass er Carls Tod in seinen Albträumen wieder und wieder durchleidet.

»Seine Schreie. Wir alle schlafen keine Nacht mehr ruhig«, hatte die Schwiegermutter hinzugefügt. »Und tagsüber erschreckt ihn jedes Geräusch. Manchmal fängt er plötzlich an zu weinen. Dabei hat er doch nicht mal als kleiner Junge geweint.«

»Der arme Carl. Ich hatte wirklich Glück«, murmelt Heinrich gerade wie nebenbei. »Nur eine leichte Kopfverletzung. Nichts Schlimmes.«

Mimi starrt ihn an. »Du hast eine Kopfverletzung gehabt? Davon weiß ich ja gar nichts.«

»Nein«, sagt Heinrich. Und das Nein klingt, als habe er noch immer nicht vor, darüber zu sprechen.

»Dann musst du doch im Lazarett gewesen sein?«, bohrt Mimi nach.

»Ach was, ich sag doch, es war nichts Schlimmes. Der Truppenarzt hat mir einen Verband gemacht und mich wieder kampftauglich geschrieben. Der wird schon gewusst haben, was er tut.«

»Die Militärärzte, hör mir bloß auf mit denen.« Adi ballt die Hände zu Fäusten. »Es waren die reinsten Verbrecher darunter. Aber du, Heinrich? Nein, wehleidig warst du nie. Und anscheinend hast du ja wirklich Glück gehabt.«

»Ich hätte es gar nicht erwähnen sollen, Mimi«, sagt Heinrich, nachdem die Brüder gegangen sind. »Du machst dir nur wieder Gedanken.«

Bin ich wirklich zu ängstlich?, fragt sich Mimi. Aber dass Heinrich nun immer häufiger für kurze Momente starr vor sich hin sieht und gänzlich abwesend wirkt, lässt ihr dennoch keine Ruhe.

Als sie ihn zum Arzt schicken will, fragt er nur: »Wozu?« Man muss ihm Zeit lassen, den Krieg zu vergessen.

Heilige Maria …

Doch die Löcher in Heinrichs Wachsein, wie Mimi sie insgeheim nennt, mehren sich.

Und dann hört Mimi eines Abends, als die Kinder schon schlafen und sie noch in der Küche an der Nähmaschine sitzt, aus dem Schlafzimmer einen dumpfen Aufprall. Sie läuft nach nebenan.

Heinrich liegt auf dem Boden. Seine Hose ist nass, und er schlägt wild um sich. Antwortet ihr nicht, als sie seinen Namen ruft. Sein Gesicht ist verkrampft, die Haut fahl, die Augenlider zucken. Blut läuft ihm aus dem Mund.

Nimm ihn mir nicht, Gott! Nimm ihn mir nicht, meinen Heinrich.

Aber er atmet noch. Mimi muss den Arzt holen.

Hilf, Maria!

Doktor Breuer hat die Praxis von seinem Vater übernommen, der schon Hausarzt von Heinrichs Familie war. Der junge Doktor kennt Heinrich und fragt gar nicht erst viel. Zieht seine Jacke an und greift nach der Arzttasche. »Dann ist es also doch schlimmer geworden«, murmelt er wie zu sich selbst.

Schlimmer? Mimi versteht nicht. Aber sie kann jetzt nicht fragen. Dazu ist keine Zeit. Sie rennt neben dem Arzt nach Hause.

Lass ihn am Leben, meinen Heinrich.

Lieber Gott, lass ihn mir!

Sie finden Heinrich auf dem Fußboden in der Schlafkammer, wie Mimi ihn verlassen hat. Er schläft entspannt. Der Geruch verrät deutlich: Die Pfütze, in der er liegt, ist Urin.

Doktor Breuer hilft Mimi, Heinrich zu waschen, umzuziehen und ins Bett zu bringen. Dann setzt er sich zu ihr an den Küchentisch.

»Schlimmer geworden. Was meinten Sie damit?«, fragt sie.

»Hat es Ihnen denn keiner gesagt?« Mitleidig sieht der Doktor sie an. »Ihr Heinrich hat sich bei einem Unfall unter Tage am Kopf verletzt. Einige Zeit später bekam er leichte Bewusstseinstrübungen. In großen Abständen allerdings. Damals ist er ja auch in die Schmiede nach über Tage gewechselt.«

»Er … er wusste von diesen … Bewusstseinstrübungen?«

»Ich weiß nicht, was genau er gewusst hat. Er fragt ja nicht. Und es ist bei der Art von Absencen oft so, dass die Betroffenen sie nicht wahrnehmen.«

»Ab…sencen?«

»So nennt man in der Medizin die Bewusstseinstrübungen. Ein französisches Wort. Man kann es mit Abwesenheiten übersetzen.«

»Abwesend. Ja, das war er auch früher schon manchmal. Und im Krieg hatte er wieder eine Kopfverletzung«, flüstert Mimi entsetzt.

»Es sind die Narben«, sagt der Arzt. »Die Narben im Gehirn machen die Anfälle.«

»Dann wird wieder so ein Anfall kommen?«

»Vielleicht.« Der Doktor hält Mimis Blick nicht stand.

»Was kann ich nur tun?«

»Man muss es aushalten. Und wer weiß, vielleicht wird es ja auch wieder besser. Wie vor dem Krieg. Es gibt Medikamente …« Doktor Breuer schreibt ein Rezept aus und berührt Mimi kurz an der Schulter, als ob er sie beruhigen wolle. Dann verschwindet er in die Nacht.

Es sind die Narben … Die Worte des Arztes dröhnen in Mimis Kopf wie ein klopfender Schmerz. Sie öffnet das Fenster. In die rußige Luft mischt sich ein süßer Geruch nach Frühling. Aus dem Nachbargarten ein leises Lachen. Und es klingt, als würden Spielkarten gemischt. Die Fliederbüsche hinterm Haus gleichen im Mondlicht dunklen Gespenstern. Mimi verschränkt die Arme vor dem Körper. Ihr ist kalt, kälter als je in den Kriegswintern der Jahre zuvor.

Am nächsten Tag sieht Mimi es Heinrich an, als er endlich ausgeschlafen hat: Er weiß selbst diesmal nicht, was ihm passiert ist. Dass irgendetwas mit ihm nicht stimmt, spürt er wohl. Mimi fühlt seine Angst.

»Heinrich …«, beginnt sie zögernd.

Sein trockenes Schluchzen.

»Es … es tut mir leid«, stammelt er und schlurft aus dem Zimmer.

Zwei Wochen später bringt man ihn aus der Schmiede nach Hause. »Ihr Mann ist bei der Arbeit zusammengebrochen. Er hatte einen schweren epileptischen Anfall«, erklärt der Sanitäter. »Unser Zechenarzt hat ihn vorläufig krankgeschrieben. Wenn es schlimmer wird, muss Ihr Mann ins Krankenhaus.«

Heinrich liegt mit geschlossenen Augen auf der Trage. Zeigt keinerlei Regung.

Hat er gehört, was der Sanitäter gesagt hat?

Es bleibt nicht bei dem zweiten schweren Anfall.

Manchmal schafft Mimi es gerade noch, Heinrich ein zusammengerolltes Stück Stoff als Keil zwischen die Zähne zu schieben, wie Doktor Breuer es ihr geraten hat. Damit Heinrich sich nicht auf die Zunge beißt. Aber oft verletzt er sich auch. Die Zunge ist tagelang geschwollen, und er kann nichts essen. Und wenn er tatsächlich einmal versucht, etwas zu sagen, ist es kaum zu verstehen.

Er verstummt immer mehr.

Mimi sieht das Erschrecken in Ännes Augen. Sieht, wie die Tochter sich in einen Winkel verkriecht, sobald der Vater in ihre Nähe kommt. Allmählich wird es ihr zur Gewohnheit, sich unter dem Tisch mit der tief herunterhängenden Tischdecke zu verstecken, auf dem Mimi die fertig geflickten oder genähten Kleider ablegt. Dort spielt Änne mit ihren Puppen. Sie spielt immer dasselbe: Die Puppen sind krank.

Bis Else die Enkelin nach dem Sonntagsgottesdienst einmal mitnimmt in die Borromäus-Bücherei im Gemeindehaus. Seitdem geht Änne auch allein dorthin und leiht sich Bücher aus. Seitdem verschwindet sie in Märchen und Heiligenlegenden.

Lesen kann man leise. Bei Änne hört man nicht einmal das Umblättern der Seiten.

Sei still. Mach dich klein. Werde unsichtbar.

Wie gut Mimi das kennt.

Willi begreift nichts von der Veränderung im Wesen des Vaters. Hat ihn nie anders gekannt.

Er läuft zu ihm, hält ihm den bunten Ball hin, den Mimi aus Stoffresten genäht und ausgestopft hat, und plappert auf Heinrich ein.

Ratlos sieht der den Jungen an. Dann macht er eine ungeschickte Handbewegung, als wolle er ihn verscheuchen.

Mimi zieht den Kleinen so rasch vom Vater weg, dass Willi erschrickt und anfängt zu weinen.

Man muss es aushalten.

Heinrichs Eltern haben von den Absencen gewusst. Das können sie nicht mehr leugnen, als Mimi ihnen auf den Kopf zusagt, was sie von Doktor Breuer erfahren hat.

»Ach, was war das schon, damals, nach dem kleinen Unfall auf der Zeche?« Friedrich zuckt mit den Schultern.

»Und es schien doch auch ausgeheilt. Konnten wir ahnen, dass es Heinrich im Krieg noch einmal erwischen würde?«

Die Schwiegermutter nickt dazu. Ihr Blick ist hart. »Man muss Gott dankbar sein, wenn einer weder Arm noch Bein noch sein Augenlicht verloren hat. All die Kriegsversehrten, die man jetzt bettelnd auf den Straßen sieht.«

Mimis erster Besuch bei Else und Friedrich. Das Gespräch über Tüchtigkeit und dass man froh sein kann, wenn man gesund bleibt, um arbeiten zu können. Haben sie damals eine Gefahr wegbeschwören wollen? Waren sie deshalb so angetan von der tüchtigen Näherin als Schwiegertochter?

Und der Stiefvater? Ja, auch Eduard zuckt nur die Achseln, als sie noch einmal nachdrücklich fragt. »Wozu sich verrückt machen?«, sagt er leichthin. »Was hätte es genützt? Und du wolltest ihn doch, deinen Heinrich.«

Mimi fühlt wieder Zorn in sich aufsteigen wie früher, wenn der Stiefvater sie gekränkt und gedemütigt hat. »Vielleicht wäre ihm der Kriegsdienst erspart geblieben, wenn wir den Unfall angegeben hätten.« Mimi presst die Lippen aufeinander. Zu denken, wie anders ihr Leben aussehen könnte! Und wie sehr schmerzt es, so hintergangen worden zu sein. Auch von Heinrich? Auch von ihm? Der Gedanke ist am schwersten zu ertragen. Aber viel zum Denken kommt Mimi nicht. Sie muss Geld verdienen. Muss sich um die Kinder und um Heinrich kümmern.

Sie bringt es nicht über sich, die Verwandten um Unterstützung zu bitten. Von selbst scheinen sie nicht auf die Idee zu kommen. Nur die Mutter steckt ihr zu, was sie kann. Viel ist es nicht. »Ach Mimi! Wenn ich dir bloß mehr helfen könnte. Auch bei deiner Hausarbeit, wenn du nähst.«

»Du arbeitest doch selbst viel zu viel, Mutter. Schon dein Leben lang. Ich hatte eher gehofft, ich könnte dir was abnehmen.« Mimi zögert einen Moment. »Warst du beim Augenarzt?«

»Ja.«

»Und? Was sagt er?«

»Er will sehen, was man tun kann.«

Mimi hört heraus, was das heißt. Wortlos nimmt sie die Mutter in den Arm. Eine Weile stehen sie so. Aneinandergelehnt.

Und Mimi bleibt von nun an nichts anderes, als ihren Kummer zu verschweigen oder kleinzureden, um der Mutter das Herz nicht noch schwerer zu machen.

Der Zechenarzt bestellt Mimi zu einem Gespräch. »Wir bedauern es sehr, Frau Heyn.« Er schaut auf ihren gewölbten Bauch. »Aber wir können Ihren Mann nicht in der Schmiede behalten. Es wäre unverantwortlich. Auch für ihn selbst ist es viel zu gefährlich.«

»Und leichtere Arbeit, die für ihn und andere ungefährlich wäre?«

Der Doktor schüttelt den Kopf. »Wir haben schon zu viele Kriegsinvaliden für einfache Arbeiten über Tage eingesetzt. Aus reiner Barmherzigkeit. Bergleute, die nicht mehr vor Ort arbeiten können.«

»Aber eine Rente, die sollte mein Mann doch bekommen?«

Der Arzt kramt Papiere aus einer Schublade.

»Mein Mann hat keinerlei Schuld«, sagt Mimi. »Und wovon sollen wir leben, möchte ich wissen?« In ihr wächst wieder die Wut. Wächst der Zorn auf so viel Ungerechtigkeit. Zorn auf die eigene Ohnmacht.

»Erst müssen die Zuständigkeiten geprüft werden«, sagt der Doktor schließlich und gibt Mimi Formulare mit, die sie ausfüllen soll. »Bringen Sie mir die Papiere, Frau Heyn, dann sehen wir weiter. Ich wünsche Ihnen und Ihrem Mann alles Gute.« Damit verabschiedet er sie.

Als Mimi nach Hause geht, fegt ihr ein schneidender Wind entgegen. Und das Ungeborene drückt ihr gegen die

Rippen. Sie beißt die Zähne zusammen. Wir müssen stark sein. Wer weiß, was wir noch alles aushalten müssen.
Ja, stark müssen wir sein!

Es ist, als wolle das dritte Kind sich fast unbemerkt ins Leben schleichen. Als hätte die Kleine die Angst ihrer Mutter gespürt, die nicht weiß, wie es mit der Familie weitergehen soll. Es wird für Mimi die einfachste der drei Geburten.
»Sollen wir sie Elisabeth nennen, nach deiner Mutter?«, fragt Mimi Heinrich.
Er nickt nur. In seinem Blick kann Mimi nichts lesen.

Elisabeth macht zum Glück kaum Arbeit. Änne setzt sich oft neben die Wiege, wie sie es schon bei Willi gleich nach seiner Geburt getan hat. Singt der kleinen Schwester vor. *Es tanzt ein Bi-Ba-Butzemann. Die Blümelein, sie schlafen.* Dann kommt auch der Bruder dazu.
Ihre drei. Mimi muss den Kummer verscheuchen, der ihre Gedanken vergiftet. Arbeiten muss sie. Das betäubt. Und Papiere muss sie ausfüllen, so viele Papiere. Muss Eingaben machen ans Militär und an die Bergwerksleitung.

Heinrich wird zur gründlichen Untersuchung ins Knappschaftskrankenhaus überwiesen, um die Ursache für die Anfälle zu klären. Behandelt werden soll er dort auch.
So oft sie kann, geht Mimi ihn besuchen. Der Pförtner drückt ein Auge zu, wenn sie außerhalb der Besuchszeit kommt.
Heinrich liegt reglos im Bett und starrt ins Nirgendwo. Mimi ist ratlos, von Mal zu Mal mehr. Erzählt sie ihm von den Kindern, nickt er höchstens dazu. Fragt nicht ein einziges Mal nach der kleinen Elisabeth.
Auf Mimis Fragen antwortet er einsilbig oder gar nicht. Elend sieht er aus. Wie die meisten Männer, die in den Bet-

ten des Krankensaals liegen und an den Folgen von Kriegsverletzungen leiden.

Einmal bringt Mimi für ein paar Minuten die Kinder mit in der Hoffnung, sie könnten Heinrich ein wenig aus seiner Starre reißen. Er schaut sie nur wehmütig an, als habe er vergessen, wer sie sind.

Wieder zu Hause, sitzt er die meiste Zeit in der Küchenecke auf einem Stuhl, schaut dann und wann auf seine untätigen Hände, als überlege er, was er mit ihnen anfangen könne. An manchen Tagen steht er gar nicht erst auf.

Es tut Mimi weh zu beobachten, wie er gelegentlich von der Küche ins Schlafzimmer trottet. In gebückter Haltung, den Blick Richtung Boden, als sei er auf der Suche nach etwas, das er verloren hat und nicht wiederfinden kann. Aus dem Haus geht er selten. Und wenn, folgt Mimi ihm mit Abstand. Aus Sorge, dass ihm unterwegs etwas zustoßen, dass er einen Anfall bekommen könnte. Nie sieht Heinrich sich um. Am Feldweg, der zur Zeche führt, bleibt er jedes Mal eine Weile stehen. Bewegungslos schaut er hinüber zur Schachtanlage *Heinrich Gustav*, bevor er langsam wieder nach Hause geht.

Eines Nachts erwacht Mimi aus unruhigem Schlaf.

Mondlicht fällt durchs Fenster. Sie blinzelt. Dann zuckt sie zusammen. Heinrich steht neben ihr am Bett und schaut stumm auf sie herunter.

Mimi bringt keinen Ton heraus.

Heinrich stolpert aus der Schlafkammer.

Erstarrt bleibt Mimi liegen. Erst als es dämmert, steht sie auf und geht in die Küche, wo sie Heinrich schlafend auf dem Sofa findet.

Wieder etwas, worüber sie beide kein Wort verlieren.

Die Ergebnisse der Untersuchungen im Krankenhaus helfen nicht. Heinrichs Arbeitsunfähigkeit wird bestätigt, aber welcher der Unfälle den größeren Anteil daran hat, darauf wollen die Doktoren sich nicht festlegen.

»Es ist die Kopfverletzung, die er im Krieg erlitten hat«, behaupten die Zechenärzte. Und die Militärärzte schieben Heinrichs Anfälle auf den Unfall, den er unter Tage hatte.

Zechenbarone, Knappschaft, Militär: Niemand ist zuständig für Mimis und Heinrichs Not. Er bekommt nur wenige Mark Rente im Monat.

Seine Anfälle sorgen für mitfühlende, aber auch für ängstliche Blicke der Nachbarn. Es wird getuschelt, wenn Mimi einkauft. Einige ihrer Kunden bleiben weg.

Es ist ja auch zum Erschrecken, wie Heinrich oft aussieht nach Stürzen, die Mimi nicht verhindern konnte. Blaue Flecken und verkrustete Wunden, Pflaster im Gesicht und an den Händen. Dazu manchmal die Schnitte, die er sich beim Rasieren zufügt. Das schief geknöpfte Hemd. Die Haare wirr.

Wenn Mimi ihm Hemd oder Jacke ordentlich zuknöpfen oder ihm beim Rasieren helfen will, hebt er abwehrend die Hände.

Mimi kann nicht verhindern, dass er zum Gespött der Kinder auf der Straße wird. Kann nicht verhindern, dass frühere Arbeitskollegen einen Bogen um Heinrich machen. Und dass selbst Hannes, Hermann und Siegfried von nebenan ihm ausweichen, bis er sich gar nicht mehr vor die Tür traut.

Nur der kurzatmige Paul Lössken kommt Heinrich manchmal besuchen. Dann sitzen sie zumeist schweigend, bis Paul von seiner Guste gerufen wird.

Und der Pfarrer schaut bei Heinrich vorbei.

»Ich habe von Ihrer Krankheit gehört«, sagt er. »Es ist sicher schwer für Sie und Ihre Frau.«

Diesmal kein Wort über richtigen Glauben.

Der Pfarrer findet auch nichts dabei, dass Heinrich und Mimi den Sonntagsgottesdienst manchmal versäumen, wenn es Heinrich schlecht geht. Darauf käme es nicht an, meint er. Aber dass Heinrich nur stumm vor sich hin schaut, allenfalls kurz nickt oder den Kopf schüttelt, das macht auch den Pfarrer offensichtlich ratlos. »Ich wünsche Ihnen viel Kraft und Geduld«, sagt er, als er sich verabschiedet. »Und Gottes Segen.«

So geht Mimi weiter in beide Kirchen und betet zu einem Gott, der anderes zu tun hat, als ihr zu helfen. Und die Macht der Gottesmutter hat Mimi wohl auch überschätzt. Sie hört dennoch nicht auf, Maria Stoßgebete zu schicken. Die kommen von ganz allein, wenn Mimi nicht weiterweiß. Heilige Maria …

Mimis Tage sind jetzt wieder karg und ohne Glanz. Aber wenigstens eine Zeit lang sind sie hell gewesen, und vielleicht, vielleicht muss das reichen für ein ganzes Leben.

Du bist erfinderisch und tapfer.

Ja, sie ist eine Kämpferin. Wie soll es auch anders gehen? Schließlich hat sie drei Kinder und dazu den kranken, hilflosen Mann.

Als sie die Zechenwohnung aufgeben müssen, findet Mimi eine andere, die sie dank der verbleibenden Nähaufträge gerade eben bezahlen kann, mit einer Kammer zusätzlich zum Untervermieten.

Im Parterre ist ein kleines Schreibwarengeschäft. »Damit komme ich kaum noch über die Runden«, klagt Stephan Blum. »Und hab den Laden doch schon fünfzig Jahre.«

Wir passen zusammen, denkt Mimi. Ich weiß auch nicht, wie ich über die Runden kommen soll.

Sie näht jetzt fast immer bis spät in die Nacht. Wenn das Petroleum für die Lampe nicht reicht, muss sie sich mit Kerzen behelfen. Abwechselnd hat sie die Füße auf dem Pedal der Nähmaschine oder schaukelt die Wiege, in der die kleine Elisabeth sich viel zu oft in den Schlaf weint. Denn Mimi, noch schmaler vom vielen Hungern seit dem Krieg und ständig überarbeitet, hat nicht genug Milch für ihre Jüngste. Und verdünnte Kuhmilch verträgt der Säugling schlecht.

Die Wohnung liegt unterm Dach, ist heiß im Sommer und im Winter zugig.

Schon bald kommt ein lediger junger Bergmann, um sich die freie Kammer anzuschauen. Er will Kostgänger bei den den Heyns werden.

Konrad stammt aus Schlesien und arbeitet als Hauer auf der Zeche, die nah bei der neuen Wohnung liegt. Mimi verschweigt ihm Heinrichs Krankheit nicht.

»Ich hab zu Hause einen älteren Bruder«, sagt Konrad leise. »Seine Lunge ist für immer kaputt vom Giftgas an der Somme. Ein Wunder, dass er überlebt hat. Und ich bin auch noch von der Schule weg für die letzten Monate in den Krieg geschickt worden. Ich weiß, was der mit den Soldaten gemacht hat.«

Konrad besteht darauf, das Kostgeld im Voraus zu bezahlen. Ein feiner Kerl!

Mimi ist doch angewiesen auf jeden Pfennig. Jetzt kocht und wäscht sie auch für Konrad. Hält ihm das Zimmer in Ordnung wie ihre eigenen.

Doktor Breuer behandelt Heinrich beinah kostenlos. Nur die Medizin, die er nehmen soll, damit die Anfälle weniger schlimm ausfallen, die kann der Doktor nicht auch noch selber kaufen und verschenken. Die meisten seiner Patienten sind arm.

Mimi kauft die Medikamente, obwohl sie Zweifel hat, dass sie Heinrich guttun. Denn Mimi sieht doch, wie müde und teilnahmslos Heinrich davon wird. Stumpf brütet er vor sich hin.

Die Anfälle kommen zwar etwas seltener. Aber Mimi muss weiterhin jederzeit damit rechnen. Jeder Anfall ist schlimm. Und ist das bisschen Besserung es wert, dass Heinrich kaum noch am Leben teilnimmt?

Da ist er aus dem Krieg zurückgekehrt, und dennoch lebt Mimi in ständiger Angst. Angst vor neuen Anfällen. Angst, die Familie nicht durchbringen zu können. Angst, dass Heinrich sich bei einem Sturz ernstlich verletzen könnte.

Angespannt liegt Mimi nachts mit Elisabeth am äußersten Rand ihrer Bettseite, wenn sie die Kleine zu sich nimmt und stillt. Dabei vermeidet Heinrich inzwischen von allein, sich Mimi zuzuwenden.

Und wenn die beiden sich zufällig berühren oder mit den Rücken aneinanderstoßen, wacht Mimi erschrocken auf.

Sie schwitzt.

Ihr Herz rast.

Sie kann nicht mehr einschlafen.

Und wie mühsam sind dann die Tage!

Meta kommt vorbei, so oft sie Zeit findet. Sie lässt sich von Heinrichs Anfällen nicht abschrecken.

»Wie geht es Mutter?«, fragt Mimi.

»Wilhelms Tod. Da kommt sie nicht drüber weg. Und ihre Augen … sie sieht immer schlechter.«

»Ich müsste mich mehr um sie kümmern.«

»Wie denn? Du hast schon so viel Arbeit. So viele Sorgen. Ich kümmere mich um Mutter. Vater, Rosa und Grete helfen mir.«

Mimi fasst nach der Hand ihrer Lieblingsschwester. Wie erwachsen die Kleine geworden ist!

Heinrich bittet um nichts, verlangt nichts. Isst, was auf den Tisch kommt, den Blick zumeist gesenkt. Mimi fragt sich oft, was in seinem Kopf vor sich geht. Er muss doch sehen, dass er krank ist. Dass die ganze Familie darunter leidet. Ob er sich keine Gedanken darüber macht, wie es mit ihnen weitergehen soll?

Mimi kann die Stille zwischen ihnen kaum aushalten. Stille, in der so viele Fragen lauern. »Heinrich, bitte, verkriech dich nicht vor mir! Du hast mich lange genug im Dunkeln gelassen.«

Da bricht es aus ihm heraus: »Wenn es doch mich erwischt hätte im Krieg. Mich statt Wilhelm und Carl.«

Sie möchte die Hand nach Heinrich ausstrecken. Aber sie kann nicht. Nein, sie kann einfach nicht.

Er wendet sich ab. »Anfälle«, murmelt er. »Anfälle sind es, sagt Doktor Breuer. Es tut mir leid für dich. Alles. Ohne mich wärst du besser dran, Mimi. Aber … ich geh ins Wasser wenn … wenn du mich verlässt.«

»Heinrich!« Fassungslos sieht Mimi ihn an. Ob er ahnt, dass ihr solche Gedanken in den letzten Wochen tatsächlich gekommen sind?

Nein, sie verlässt ihn nicht. Sie hat geschworen, ihm die Treue zu halten in guten und bösen Tagen, in Gesundheit und Krankheit. Hat versprochen, ihn zu lieben, zu achten und zu ehren, bis dass der Tod sie scheidet. Die Treue wird sie Heinrich halten, auch in bösen Tagen.

Aber ob sie ihn noch lieben und achten kann? Mitleid mit ihm fühlt sie. Und sie fürchtet sich vor seinen Anfällen.

»Heinrich«, sagt sie noch einmal.
Er schüttelt den Kopf und geht aus dem Zimmer.
Nein, sie verlässt ihn nicht.
Und sie wird nicht mehr fragen.
Im Stich gelassen fühlt sie sich.
Einsam.
Das kennt sie von früher.

Einmal schaut sie in der Schlafkammer ihr Brautkleid an. Streicht über den glatten, feinen Stoff. Was für ein schönes Paar ihr sein werdet. Die Blumenengel. Das Orgelspiel. Heinrich am Altar im dunklen Anzug. Seine glänzenden Schuhe. Adam und Eva. Heinrich und Mimi. Ave Maria. Heinrichs tastende Hände auf Mimis Haut …

Warum hast du ihn mir so genommen, Gott, meinen Heinrich? Sie schluckt den Kloß im Hals runter. Gefühlsduselei kann sie sich nicht leisten. Sie muss stark sein. Sie muss. Das hat sie sich selbst versprochen.

Nur gut, dass sie so viel Arbeit hat. Das hilft auch gegen quälende Gedanken.

Ihr Gesicht im Spiegel. Fast wie das Gesicht ihrer Schwiegermutter.

Kein Lachen mehr in den Augen. Kein Lachen mehr.

1920–1923

Eine junge Frau, fast noch ein Mädchen, kommt zu Mimi. Mit buntem Stoff unterm Arm. Davon möchte sie einen Rock. »Ich bin die Franziska«, sagt sie, »und werde Ziska genannt.« Die blonden Haare sind zum Kranz um den Kopf geflochten, die runden Augen blau wie die von Heinrich, doch hellwach.

Während Mimi Maß nimmt, rückt Ziska mit ihrem eigentlichen Anliegen heraus. »Ich möchte bei Ihnen nähen lernen.«

Und ehe Mimi etwas dazu sagen kann, malt Ziska ihr schon aus, welche Vorteile das für sie beide hätte: »Ich kann nebenbei im Haushalt und mit den Kindern helfen, kann waschen und bügeln, dann hätten Sie mehr Zeit zum Nähen. Und mir bringen Sie trotzdem was bei.«

Ziska ist zweitältestes von sieben Kindern. Der Vater hat eine Metzgerei, dort musste sie nach der Schulentlassung mitarbeiten wie auch schon ihr älterer Bruder. Doch seit sie als kleines Mädchen Mimi bei Verwandten hat nähen sehen, will sie Schneiderin werden. »Ich weiß, dass mir das niemand so gut beibringen kann wie Sie.«

Und als Mimi darüber lächeln muss, redet Ziska unbeirrt weiter. Sie habe zu Hause so lange gebettelt, bis der Vater es nicht mehr hören konnte und knurrte: »Dann geh schon und frag sie, deine Schneiderin. Wer weiß, ob sie dich überhaupt will!«

Ziska macht eine Pause und sieht Mimi abwartend an. »Was meinen Sie, wollen Sie mich? Auch, wenn meine Eltern kein Lehrgeld für mich zahlen?«

»Aber du kannst nicht hier wohnen. Dafür haben wir nicht genug Platz. Eine Kammer ist schon an einen Kostgänger vermietet.«

»Wohnen kann ich weiter zu Hause.«

Mimi ist beeindruckt von so viel Entschlossenheit. »Ja«, sagt sie jetzt ohne zu zögern. Und setzt dann schnell nach: »Aber … mein Mann ist sehr krank.«

»Ich weiß. Wenn Sie wollen, komm ich morgen wieder.«

Leichtfüßig wirbelt Ziska herum und kriecht zu Änne und Willi unter den Tisch. »Ein hoher Turm, den ihr zwei gebaut habt. Meine Güte, sind das alles Garnröllchen?«

Mimi meldet ihr Lehrmädchen bei der Handwerkskammer an. Die aufgeweckte Ziska lernt schnell an der Nähmaschine. Und noch schneller gewinnt sie die Zuneigung von Mimis Kindern. Gegenüber Heinrich ist sie anfangs unsicher. Aber auch das gibt sich, sobald sie feststellt, dass der schweigsam vor sich hin brütende Mann harmlos ist. Ohnehin kommen die Anfälle in letzter Zeit nachts.

»Dass Ihr Mann krank ist und nicht arbeiten kann«, sagt Ziska einmal nachdenklich zu Mimi, »das ist bestimmt schwer auszuhalten. Aber mein Vater …« Sie kneift die Lippen zusammen. »Jähzornig ist er und gemein. Wie er meine Mutter behandelt … und dass sie sich das gefallen lässt, das ist auch schwer zu ertragen.«

»Und wie ist er zu dir?«, fragt Mimi.

»Ich hab gelernt, mich zu wehren«, gibt Ziska mit einem Lächeln zurück.

Keine Frage, sie kann kämpfen, denkt Mimi.

Sie sitzen gerade beim Abendessen, als Heinrich wieder einmal einen starren Blick bekommt.

»Heinrich?«, ruft Mimi.

Er antwortet nicht.

»Ich muss versuchen, ihn auf den Boden zu legen«, sagt Mimi. »Damit er nicht stürzt.«

»Ich helfe Ihnen.« Ziska springt auf.

Gemeinsam schaffen die beiden es so gerade noch, Heinrich vom Stuhl auf den Fußboden zu bringen, bevor der Krampfanfall beginnt.

Mimi sieht, wie sehr Ziska erschrickt. Und wie sie dennoch gefasst bleibt und die Kinder nach nebenan bringt.

Mimi hört, wie Ziska Änne und Willi so ruhig wie immer fragt, was sie spielen wollen.

»Krankenhaus«, sagt Änne mit dünner Stimme. »Ziska, willst du der Doktor sein? Dann bin ich die Krankenschwester. Die Puppen sind die Kranken.«

»Und ich?«, fragt Willi.

»Du und Elisabeth, ihr kommt zu Besuch.«

Wie meistens schläft Heinrich ein, nachdem der Anfall vorbei ist. Doch auch nach dem Aufwachen ist er müde und durcheinander. Mimi führt ihn ins Schlafzimmer und hilft ihm ins Bett. Nimmt sich einen Stuhl und setzt sich zu ihm. Bewacht seine Atemzüge. Es beruhigt sie zu wissen, dass sie bei ihm bleiben kann. Sich nicht zerrissen fühlen muss. Die Kinder sind ja bei Ziska gut aufgehoben.

»Ich hab es mir nicht so schlimm vorgestellt«, sagt Ziska leise, als Mimi zurückkommt. »Es muss hart für Sie sein.«

»Hab mich daran gewöhnt.« Mimi seufzt. »Aber den meisten Leuten ist Heinrich unheimlich. Du bist auch erschrocken. Trotzdem hast du mir geholfen, als wäre das selbstverständlich.«

»Ist es das denn nicht? Sollte ich zugucken und dich allein … Oh, jetzt bin ich plötzlich auch beim Du.«

»Und dabei bleiben wir«, sagt Mimi. »Du bist mir zur Freundin geworden. Mit wem sonst kann ich reden wie mit dir?« Mit Hanna, denkt Mimi. Aber Hanna war nicht mehr hier, seit ihr Thomas so oft operiert werden muss.

»Mir geht's ja nicht anders«, entgegnet Ziska. »Nur du weißt, wie ich über meine Eltern denke. Du hilfst mir, nicht so zu werden wie meine Mutter.«

So wirst du bestimmt nicht, denkt Mimi, die aufhorcht, wenn sie Ziska leise bei der Arbeit summen oder singen hört und die Kinder mit einstimmen. Wenn sie sich von Ziskas hellem, fröhlichen Lachen anstecken lassen. Zaghaft zuerst, doch mit der Zeit immer unbefangener. *Es waren einmal neun Schneider*, singen sie oder *Ein Schneider fing 'ne Maus*. Davon kennt Ziska alle zwölf Strophen. Da hockt sie sich dann im Schneidersitz mit den Kindern auf den Boden, und sie tun so, als führen sie mit Nadeln durch Stoff.

Ziska lässt Elisabeth neben sich krabbeln.

»Sie ist die Maus«, flüstert Willi. »Aber sie weiß es nicht.«

Oft steht Willi in der Küche und schaut sich das Bild an, das überm Sofa hängt, das Geschenk von Fräulein Hoffmann. »So ein schöner bunter Garten«, sagt er dann andächtig. Und als Mimi ihn mitnimmt zu ihrer früheren Lehrerin, kann er gar nicht genug bekommen von ihren Gartenlandschaften und Blumenbildern.

Fräulein Hoffmann bringt Willi Farbstifte und Papier. »Willst du dir auch einen Garten malen?«

»Nein.« Willi schüttelt energisch den Kopf. »Nicht malen. Ich will so einen Garten pflanzen.«

Verblüfft schaut Fräulein Hoffmann den Jungen an. »Du hast dir aber viel vorgenommen.«

»Ja«, sagt Willi ernst.

»Kind«, sagt Mimi. »Wir brauchen unser Stück Land doch für Kartoffeln und Gemüse.«

»Aber Blumen brauchen wir auch«, beharrt Willi. »Weil sie schön sind.«

Er wird es wieder vergessen, hofft Mimi. Einen Blumengarten können wir uns nicht leisten.

Sie mag es sich kaum eingestehen, doch es gibt Momente, da beneidet sie Fräulein Hoffmann fast darum, dass sie keine Familie hat. Dass sie sich um niemanden sorgen und keinen enttäuschen muss.

Fräulein Hoffmann schenkt Mimi eine Modezeitschrift. »Wie sich die Mode geändert hat«, sagt sie. »Das fing ja vor dem Krieg schon an. Solche Kleider, schön, schlicht und zweckmäßig, die hätte ich in meiner Jugend auch gerne getragen.«

Mimi und Ziska sind Feuer und Flamme für die neue Mode. Keine Korsetts. Nicht mehr die vielen Unterröcke. »Und erst die Tanzkleider«, sagt Ziska. »Oh Mimi, da hast du sofort Musik im Ohr und kannst die Füße kaum stillhalten.« Einszweidrei. Einszweidrei …

Mimi strafft die Schultern. Nein. Nicht daran denken.

Immer mehr der Frauen, die bei Jakob Hirsch Stoffe kaufen, kommen jetzt zu Mimi und Ziska mit ihren Kleiderwünschen. Lange war es für die meisten nur noch ums Überleben gegangen. Jetzt, wo es endlich wieder Stoffe zu kaufen gibt, wollen sie sich auch wieder schönmachen können.

Sogar von den Frauen, die wegen Heinrichs Krankheit weggeblieben waren, kehrt die eine oder andere verschämt zu Mimi zurück. Es hat sich herumgesprochen, dass sie sich vor Heinrich nicht zu fürchten brauchen.

Mimi hat so viele Aufträge, dass sie noch die halbe Nacht nähen könnte. Wenn sie bloß besseres Licht hätte.

Schließlich geht sie zum Hausbesitzer und schlägt ihm vor, Leitungen für elektrischen Strom legen zu lassen. »Die Hälfte der Kosten übernehme ich«, sagt sie. Wie teuer das wird, hat sie schon ausgerechnet.

»Ich weiß nicht.« Der Vermieter verzieht das Gesicht. »Das muss ich mir gut überlegen.«

»Aber Ihr Haus gewinnt doch an Wert.« Mimi will sich nicht abwimmeln lassen. »Hören Sie sich nur um: Immer mehr Häuser haben inzwischen elektrischen Strom.«

Da willigt der Hauswirt ein.

Glühbirnen. Was für ein Fortschritt gegenüber Petroleumlampen und Kerzen!

Wie viel einfacher wird die Arbeit in der Nacht.

Wie viel reiner bleibt die Luft im Zimmer.

Mimi kann sich jetzt endlich auch wieder Hühner anschaffen. Und sie kann es sich sogar leisten, Ziska einen geringen Lohn zu zahlen.

»Aber … das ist doch …«, stammelt Ziska ungläubig.

»Nur gerecht«, sagt Mimi. »Ich würde dir gerne mehr zahlen, wenn ich könnte. Du tust so viel für uns.«

Insgeheim beginnt Mimi wieder zu träumen. Ein Modesalon. Gemeinsam mit Ziska. Das wäre … nein, nicht übermütig werden. Niemals übermütig werden, bremst sie sich.

Trotzdem erzählt sie Ziska von ihrem Wunschtraum. Zwei Nähmaschinen in ihrem Salon. Gemeinsam Modelle für ihre Kundinnen entwerfen. Ein paar ausgewählt schöne Stücke könnten sie ausstellen. Ziska und Mimi. Mimi und Ziska. Sich gegenseitig beflügeln. Zusammen etwas Neues wagen. Wünsch dir was. Wünsch dir was.

Eines Tages vielleicht … Eines Tages …

Ja, Ziska ist ein Glücksfall.

Und Konrad auch. Wenn er Nachtschicht hat, schläft er bis zum Nachmittag. Danach setzt er sich oft zu Heinrich. Der sagt wie immer nicht viel. Doch Mimi sieht ihm an, dass ihn interessiert, was Konrad von den Veränderungen auf der Zeche erzählt. Über die Arbeitskämpfe der Bergleute, den Zusammenschluss der Gewerkschaften und die unterschiedlichen Gruppen der Sozialdemokraten will Heinrich Bescheid wissen. Wie sehr muss es ihn schmerzen, dass er nirgends dazugehört und wohl nie mehr die Arbeit wird tun können, die ihm so viel Freude gemacht hat. Die helle Flamme, die glühende Kohle, das Knistern, der Funkenregen … Für immer vorbei.

Umso mehr aber lebt Heinrich bei Konrads Besuchen auf.

Konrad bietet Mimi sogar an, auch einmal länger bei ihrem Mann und den Kindern zu bleiben, damit sie zusammen mit Ziska in Ruhe Stoffe einkaufen gehen kann. »Nur zum Bäcker und in den Lebensmittelladen, immer in Eile oder die Kinder im Schlepptau. Selbst meine Mutter hat gesagt, dass man als Hausfrau wenigstens ab und zu ein bisschen Zerstreuung braucht. Und meine Mutter war genau so eine Fleißige wie Sie.«

Mimi sieht Konrad ungläubig an.

»Nun gehen Sie schon. Ich bin gerne bei Ihrem Mann und den Kindern. So hab ich das Gefühl, ein wenig mit zur Familie zu gehören. Gut gegen Heimweh.«

Jakob Hirsch steht in seinem Laden am Stehpult und taucht die Feder ins Tintenfass. Als er Mimi und Ziska entdeckt, unterbricht er die Arbeit. »Schön, Sie hier zu sehen«, sagt er mit einem warmen Lächeln. »Sie müssten mal hören, wie meine Kundinnen von Ihnen schwärmen.«

Mimi fühlt, wie sie rot wird bei dem Lob. »Danke, dass Sie uns so viele Aufträge verschaffen … Und Stoffe wollen wir natürlich auch kaufen«, fügt sie schnell hinzu. Sie ist noch immer befangen, wenn sie an den Kriegsabend denkt, an dem Hirsch sie gerettet hat.

»Schauen Sie sich in Ruhe um, es ist neue Ware gekommen.« Er geht wieder an seine Arbeit.

»Seide«, flüstert Mimi der Freundin ungläubig zu.

»Samt«, gluckst Ziska.

Weicher Flanell, dünner Batist und Satin, Leinen, Musselin, leichte Wolle … Die beiden streichen mit den Fingerkuppen über die Stoffe. Kaum zu glauben, dass es das alles wieder gibt! Sorgfältig suchen sie aus nach Farbe und Muster, dazu passende Knöpfe und ein paar von den neuen praktischen Reißverschlüssen.

Als sie ihren Einkauf bezahlen und sich verabschieden, packt Jakob Hirsch ihnen ein altes Musterbuch und bunte Stoffreste mit ein für die Kinder. »Bis zum nächsten Mal.« Er begleitet die beiden Frauen zur Tür.

»Er ist so freundlich und großzügig«, sagt Ziska auf dem Heimweg. »Bei ihm zu arbeiten, muss ähnlich schön sein wie bei dir.«

»Und mit dir zu arbeiten erst«, gibt Mimi zurück. »Wie bin ich bloß ohne dich zurechtgekommen?«

»Schlecht.« Ziska kichert.

Mimi hört sich auch kichern und wundert sich wieder einmal über sich selbst. Es ist doch noch gar nicht lange her, dass sie beim Blick in den Spiegel über die Bitterkeit in ihrem Gesicht erschrocken war. Und jetzt …

»Ach Ziska, du bist eine Zauberin.«

Selbst Heinrich, als ob er spürte, dass durch Ziska ein Stück der Last von Mimi und den Kindern abgefallen ist, wird nach und nach zugänglicher. Er nimmt wieder ein wenig Anteil an dem, was um ihn herum passiert. Nicht nur, wenn Konrad bei ihm sitzt. Wenn Mimi mit Änne Pfannkuchen backt oder am Samstag Streuselkuchen und wenn sie mit grünen Heringen vom Fischwagen kommt, bedankt Heinrich sich mit einem Lächeln. Er schaut den Kindern beim Spielen zu, und manchmal bewegt er die Lippen, als wolle er Worte neu einüben. Zusammen mit der kleinen Elisabeth, die gerade anfängt zu sprechen.

Änne setzt sich beim Essen jetzt immer neben Ziska. Und genauso wie Ziska will sie die Haare frisiert haben. Egal, ob es ein Haarkranz ist oder ein Zopf.

»Ziska ist lieb«, sagt Willi.

»Ja«, sagt Mimi. »Sie hat uns Glück gebracht.«

Es entgeht Mimi nicht, dass Konrad jetzt weniger freie Zeit beim Kartenspiel im Wirtshaus verbringt. Dass er Ziska abends nach Hause begleitet, so oft seine Schichteinteilung es zulässt. Bestimmt nicht nur aus Dankbarkeit, weil Ziska für besseres Essen sorgt, seit sie Fleischwaren aus Vaters Metzgerei beisteuert. »Mundraub«, erklärt sie lachend. »Für meinen Vater hab ich mehr als genug gearbeitet. Ich springe jetzt noch oft ein nach Feierabend. Und meine Mutter weiß Bescheid.«

Die Blicke, die sie und Konrad sich zuwerfen!

»Ich mag ihn sehr«, bekennt Ziska schon bald freimütig. »Und es gefällt mir, dass ihm die Politik wichtig ist. Er geht regelmäßig zu den Versammlungen der Bergleute, die für ihre Rechte kämpfen.«

»Nicht zum Kartenspiel ins Wirtshaus?«, fragt Mimi verwundert.

»Manchmal schon. Und er will mit mir zum Tanzen. ›Immer nur Arbeit, das reicht nicht‹, sagt er. Und hat er nicht recht, Mimi? Du hättest auch mal Abwechslung nötig.«

Nein, Mimi will nicht zu viel erwarten. Dank Ziska und Konrad geht es ihr ja wieder gut. Doch wenn sie die beiden zusammen sieht, fühlt sie manchmal eine bohrende Sehnsucht. Die erste Zeit mit Heinrich. Wie es in ihr gejubelt hat, wenn sie sich getroffen haben. Wie glücklich sie war, als er ihr die Kette mit der Perle angelegt hat. Wie hell sie es in ihrer ersten gemeinsamen Wohnung hatten. Nein, nicht daran denken. Und auch besser nicht darüber nachdenken, dass Konrad und Ziska heiraten, weggehen, Mimi alleinlassen könnten … Nein, nicht daran denken.

Eines Abends sitzt Konrad bei Mimi in der Küche. Er wartet auf Ziska, die ihm gegenüber am Tisch sitzt und an einem Kleid noch ein letztes Knopfloch umstechen will, bevor er sie nach Hause begleiten kann.

Der junge Bergmann hockt da wie auf dem Sprung, wippt mal mit dem Fuß, mal presst er die Lippen zusammen, als ob er etwas sagen oder doch lieber nicht sagen wolle.

»Was hast du? Du bist so zappelig?«, fragt Ziska.

Er zuckt nur die Schultern und wirft einen Blick auf Mimi.

»Du kannst offen reden«, ermuntert ihn Ziska.

»Die von der sogenannten Sicherheitspolizei machen wieder Razzien.«

»Hier bei uns?« Ziska hält im Nähen inne.

»Ja, sie suchen Arbeiter, die wie ich in der Ruhrarmee gekämpft haben. Dabei sind schon so viele von unseren Leuten bei den Razzien ermordet worden.«

»Bist du Kommunist?«, fragt Mimi erschrocken.

»Nein. Ich bin Sozialdemokrat und in der Gewerkschaft. Aber ich seh in den Kommunisten keine Feinde. Sie wollen doch auch, dass es uns allen besser geht. Nur will ich keine Diktatur wie in Russland. Ich will Demokratie und mehr Gerechtigkeit.«

»Du glaubst, sie sind hinter dir her?« Ziskas Stimme klingt rau vor Angst.

»Nein, glaub ich nicht. Sie jagen vor allem die Kumpel, die jetzt öffentlich zum Streik aufrufen. Wie der Max aus meiner Kameradschaft.«

»Es ist doch euer Recht, euch mit Streiks gegen die vielen Überschichten zu wehren.« Zornig beißt Ziska den Faden vom fertigen Knopfloch ab.

»Eben. Viele von uns schaffen die harte Arbeit unter Tage kaum noch, weil sie sich nicht satt essen können. Was kriegt man denn noch für sein Geld? Und Schwarzmarktpreise können wir schon gar nicht bezahlen.«

»Kein Wunder, dass so viele an der Spanischen Grippe gestorben sind oder die Schwindsucht haben.« Ziska ballt die Hände zu Fäusten. »Die Kriegsjahre. Der ewige Hunger.«

»Wie hat man die Bergleute während des Krieges rangenommen! Wer nicht eingezogen wurde, musste sich als Unabkömmlicher auf der Zeche für mehr Kohle schinden als je zu Friedenszeiten.« Konrad kommt richtig in Fahrt vor Zorn. »Kohle für die Eisenbahnen. Kohle für die Waffenproduktion. Und jetzt? Wir Bergleute müssen wieder die Unmengen an Kohle liefern, die die Siegermächte als Wiedergutmachung fordern. Schuften und immer nur schuften sollen wir.«

»Von euren Leuten sind welche ermordet worden?«, murmelt Mimi vor sich hin.

»Sogar Frauen, standrechtlich erschossen«, wirft Ziska ein. »Ich hab's dir erzählen wollen, Mimi. Aber ich glaube, du wolltest es nicht hören.«

Mimi braucht eine Weile, bevor sie antwortet. »Du hast recht, Ziska. Ich … ich wollte das alles nicht wissen. Die Demonstrationen, die blutigen Straßenkämpfe … Ich hatte schon solche Sorgen um Heinrich, um meine Mutter … und dann die viele Arbeit. Hab mich nicht auch noch um Politik kümmern wollen nach vier Jahren Krieg.« Es war falsch, denkt sie. Es geht doch um unsere Zukunft und die unserer Kinder.

Jetzt erst begreift Mimi, dass Konrad und Ziska längst nicht so unbeschwert sind, wie sie geglaubt hat. Sie wusste ja nicht mal von Konrads Einsatz in der Roten Ruhrarmee. Und wie enttäuscht er ist, dass von der Hoffnung auf Verbesserungen nach dem Krieg so wenig übrigblieb.

Ziska und Konrad haben es gar nicht mehr eilig. Mimi sitzt an dem Abend noch lange mit ihnen zusammen. Auch Heinrich ist eine Weile als schweigender Zuhörer dabei.

Hört das alles denn niemals auf?, denkt Mimi, als sie im Bett liegt und wieder einmal nicht einschlafen kann. Zu viel geht ihr durch den Kopf.

Man müsste sich kümmern.

Ich müsste mich kümmern.

Aber wie?

Und woher soll ich die Zeit und die Kraft nehmen?

Erst einmal wird sie die Mutter morgen besuchen. Mimi war schon länger nicht mehr in Lütgendortmund.

Mimi steigt bei der Mutter die Flurtreppe hoch. Im Korb Wiesenblumen, die sie mit Änne gepflückt hat. Da öffnet sich oben die Wohnungstür, und Mutter tritt heraus. Sie hält den Kopf, als lausche sie.

»Mimi, bist du das?«

»Ja«, antwortet Mimi beklommen.

»Hab dich an deinen Schritten erkannt.«

Mimi schluckt. Sie sieht mich nicht. Mutter ist endgültig blind.

Nur nicht weinen! Nicht jetzt. Entschlossen nimmt Mimi die letzten Stufen. Wie gut hat sie sich durch Blicke und Gesten mit der Mutter verständigen können. Das ist für immer vorbei.

Mutter soll nicht wissen, wie schwer Mimi die letzten Treppenstufen fallen. Soll nicht wissen, wie schwer die Blumen in Mimis Hand wiegen.

Blumen, die Mutter nicht sehen kann.

»Es ist längst nicht so schlimm, wie du vielleicht denkst.« Ein angedeutetes Lächeln liegt auf Mutters Lippen. »Ich war ja lange vorbereitet. Und Ede und die Kinder nehmen mir die meiste Arbeit ab. Du musst mir versprechen, dass du dir keine Sorgen um mich machst.«

Wie soll das gehen?, fragt sich Mimi.

Doch sie verspricht es.

Wo bleibt Konrad nur? Es ist Zeit fürs Abendessen. Und sie hat ihn doch nach Hause kommen hören. Ob er sich kurz ausruhen wollte, wie er das manchmal tut, und eingeschlafen ist?

Sie klopft bei ihm.

»Ja?«, ruft er leise.

Mimi drückt die Türklinke runter und geht in die Kammer. Konrad steht am Fenster.

»Guck nicht so entsetzt«, sagt sie. »Ich will dich doch nur zum Essen holen.«

»Ich … ich hab die Zeit vergessen. Tut mir leid.«

Bevor er Mimi folgt, wirft er noch schnell einen Blick aus dem Fenster. Beim Essen wirkt er zerstreut. Rührt kaum einen Bissen an. Der kleinen Elisabeth fällt der Becher aus der Hand, und Konrad springt so hastig auf, als habe er sich Gott weiß wie erschreckt.

Was hat er nur? Mimi und Ziska tauschen Blicke.

»Schlafenszeit.«

Mimi hebt Elisabeth aus dem Hochstühlchen. Macht die Kinder in Eile fertig fürs Bett. Beim Abendgebet verhaspelt sie sich, und beim Singen irren ihre Gedanken ab.

Als sie in die Küche zurückkommt, sitzen Ziska und Konrad noch immer am Tisch. Bedrückt sehen sie aus.

»Sind sie jetzt doch hinter dir her, Konrad, die vom Freikorps?«, fragt Mimi.

»Vielleicht. Mir sind zwei Männer auf dem Weg von der Zeche gefolgt. Jetzt stehen sie gegenüber im Hauseingang. Ich kann sie von meinem Fenster aus sehen.«

»Wenn sie Max suchen«, erklärt Ziska, »überwachen sie vielleicht alle, die mit ihm zu tun haben.«

»Max wird nicht hier auftauchen. Ich weiß, wo er ist. Hauptsache, die Schnüffler kommen nicht auf die Idee, in meiner Kammer rumzuwühlen.«

»Warum?«, fragt Mimi. »Du hast doch nichts zu verbergen.«

»Ich hab Schriften von Leuten, die als Volksfeinde gelten. Und Max hat mir wichtige Dokumente anvertraut.«

»Die müssen schleunigst aus dem Haus«, drängt Ziska.

»Wohin denn? Und soll ich denen da draußen in die Arme laufen?«

»Hol die Schriften her«, sagt Mimi.

»Bloß nicht, damit bring ich euch in Gefahr.«

»Hol sie her«, sagt Mimi noch einmal ganz ruhig. »Aber beeil dich. Hexen können wir mit der Nähmaschine auch nicht.«

»Du meinst … wir sollten …«, stottert Ziska.

»Sie einnähen. In die Stoffstücke, die wir für Steppdecken zugeschnitten haben.«

»Die aus den dicken Soldatenmänteln?«

»Ja, es muss dicker Stoff sein. Und wir müssen die Papiere straff einnähen, damit nichts raschelt.« Mimi springt auf und geht zum Schrank. »Vlies für die Füllung haben wir genug. Die Schriften packen wir dazwischen.« Sie breitet die Stoffteile auf dem Boden aus.

»Erst müssen wir gleichmäßig dicke Stapel daraus machen«, sagt Mimi, als Konrad mit den Papieren zurückkommt. »Sind die Männer noch da?«

Konrad nickt.

»Dann geh du am besten wieder in deine Kammer und guck nach den beiden. Sobald sie sich in Bewegung setzen, warnst du uns.«

Schweigend arbeiten die Frauen. Hand in Hand, wie sie es gewohnt sind. Nur das Surren der Nähmaschine ist zu hören und von draußen das Gebimmel der Elektrischen. Ab und zu eilige Schritte auf dem Pflaster. Wenn sie vor dem Haus aussetzen, halten Mimi und Ziska inne und tauschen Blicke. Aber Konrad kommt nicht, um zu warnen.

Die Schritte entfernen sich jedes Mal wieder.

Aufatmen. Weitermachen.

Ziska stopft sorgfältig Papiere zwischen die Lagen der Füllung. Mimi näht verbissen Rechteck um Rechteck zusammen. Die Erleichterung, als sie mit ihrer Arbeit fertig sind.

Mimi bringt die Decke ins Schlafzimmer. Dann geht sie zusammen mit Ziska zu Konrad.

»Die zwei sind immer noch da drüben«, sagt er. »Versteh ich nicht. Vielleicht geht es gar nicht um mich.«

»Trotzdem. Deine Papiere sind erst mal gut aufgehoben.« Mimi schafft ein Lächeln, obwohl ihr der Rücken höllisch wehtut. »Und jetzt bring Ziska schleunigst nach Hause, Konrad. Es ist spät.«

»Ich geh allein, Mimi. Konrad bleibt besser hier. Nicht dass die Männer zu dir kommen, während Konrad mit mir unterwegs ist.«

»Mit denen werd ich schon fertig«, knurrt Mimi. »Geht nur. Ich warte, bis Konrad zurück ist.«

Sie räumt Stoffreste weg. Spült das Geschirr vom Abendessen. Dann lässt sie sich aufs Küchensofa fallen. Nur einen Moment ausruhen. Nur einen Moment.

Sie schreckt hoch, als Konrad die Tür öffnet. »Jetzt bin ich doch tatsächlich eingeschlafen.«

»Hast ja auch hart gearbeitet. Die beiden sind übrigens weg. Als wir gingen, standen sie noch da. Aber sie schienen sich nicht für Ziska und mich zu interessieren«, erklärt er.

»Ist doch gut, wenn sie nichts von dir wollen. Jetzt können wir ruhig schlafen gehen.«

»Hab morgen Frühschicht«, sagt Konrad. »Gute Nacht.«

»Gute Nacht.«

Als Mimi vom Hühnerfüttern kommt, stehen vor dem Haus zwei Fremde. Ein großer dicker Mann und ein kleinerer Glatzkopf. Ob das die beiden von gestern Abend sind?

»Ihr Kostgänger, trifft der sich öfter hier mit seinen Kumpeln?«, fragt der Größere ohne Gruß und ohne sich vorzustellen.

»Wer sind Sie?«, will Mimi wissen.

»Wir kümmern uns um Gesetz und Ordnung«, kommt es barsch zurück. »Also, was ist?«

Besser, sich mit denen nicht anzulegen! Mimi schüttelt den Kopf. »Hier kommt nie jemand her. Ich kenne seine Kumpel nicht mal.« Sie ist selbst überrascht, wie ruhig sie klingt.

Die Männer folgen ihr ins Haus. »Wo ist sein Zimmer?«

»Er ist nicht da. Er hat Frühschicht.«

»Wissen wir. Welche Tür? Na los!«, fährt der Glatzkopf Mimi an.

Sie geht den beiden voraus und öffnet die Tür zu Konrads Zimmer. Steht mit zusammengekniffenen Lippen daneben, als die Männer sein Bett auseinandernehmen, den Schrank und die Kommode durchwühlen.

»Hat vermutlich alles beiseitegeschafft, der Saukerl.« Drohend baut sich der Große vor Mimi auf. »Und jetzt noch die übrige Wohnung. Ihr steckt doch bestimmt alle unter einer Decke.«

Mimi zuckt nur die Achseln. Besser nichts sagen. Mach dich klein. Mach dich unsichtbar. Wenn die zwei wüssten, in welcher Decke das steckt, was sie suchen.

Mimis Mund ist trocken, und Schweiß bricht ihr aus, als die Männer Heinrich und die Kinder aus den Betten scheuchen. Sie nimmt die weinende Elisabeth auf den Arm.

»Warum machen die das, Mama?«, ruft Willi.

»Weiß ich auch nicht.« Mimis Stimme klingt fremd.

»Wirklich nicht?«

Die Eindringlinge mustern sie höhnisch. Der Glatzkopf greift sich ein Kopfkissen, ein zweites. Schlitzt bei beiden das Inlett mit einem Taschenmesser auf. Federn fliegen durchs Zimmer.

»Was soll das?«, stößt Heinrich mit hochrotem Kopf hervor.

»Tu nicht so blöd«, wird er angeblafft. »Kannst das Messer gerne am Hals zu spüren kriegen.«

Da fangen auch Änne und Willi an zu weinen.

Mimi stöhnt auf.

Heilige Maria …

»Schnauze!«, schreit der Große. »Geplärr und Gejammer. Nicht auszuhalten.« Und an den Glatzkopf gewandt, knurrt er: »Ich sag's doch: Beiseitegeschafft hat er's, der Saukerl.«

Der Glatzkopf nickt. »Hast recht. Lass uns aufhören. Hat keinen Sinn.«

»Raffiniertes Gesocks«, schnauzt er Mimi im Weggehen an. »Bestell deinem Kostgänger, dass wir zurückkommen. Wir kriegen schon raus, was wir wissen wollen.«

Wieder schluckt Mimi eine Antwort runter. Und sie sieht, wie Heinrich die Hände ineinander verkrampft.

Ihm geht es wie mir, denkt sie. Er muss sich gewaltig zusammenreißen.

»Uns hat jemand verraten, anders kann es nicht sein. Bloß wer?« Während Mimi Konrad von den beiden Männern berichtet, sieht er so angestrengt vor sich hin, als sei er in Gedanken auf der Suche nach einem Verräter.

Ziska steht mit blassem Gesicht daneben.

»Ein paar von unseren Leute sind gestern geschnappt worden«, sagt Konrad. »Max ist nicht mehr sicher. Und ich bin's auch nicht, wenn schon welche vom Freikorps hier waren. Die foltern, um Geständnisse zu erzwingen.«

»Und was willst du jetzt tun?«, fragt Mimi.

»Erst mal Max warnen. Und dann so schnell wie möglich selbst für eine Weile verschwinden.«

»Sag mir, wo ich ihn finde, ich geh zu Max«, schlägt Ziska vor.

»Nein«, widerspricht Mimi. »Die Freikorpsleute behaupten sowieso schon, dass wir unter einer Decke stecken. Und die beiden von gestern Abend haben dich und Konrad zusammen gesehen. Du kannst nicht zu Max.«

»Aber wir müssen doch irgendwas tun!« Ziska klingt ungewohnt schrill.

»Bring Fräulein Hoffmann den Rock, den wir ihr gekürzt haben. Vielleicht hilft sie uns.«

»Darf ich mit?«, fragt Änne.

Mimi zögert einen Moment, dann nickt sie.

Konrad flüstert Ziska zu, wo Max sich versteckt hält. »Wohin ich jetzt fahre, verrate ich lieber nicht. Ihr hört bald von mir, wenn alles gut geht«, verspricht er. Ohne großen Abschied und ohne Gepäck verschwindet er kurz darauf, so als sei er wie üblich auf dem Weg zur Schicht.

»Mimi, dein Fräulein Hoffmann ist eine mutige alte Frau. Sie hat sofort angeboten, selbst zu den Leuten zu gehen, bei denen Max sich versteckt hatte«, sagt Ziska. »Und sie wäre sogar bereit gewesen, ihn bei sich in der Wohnung unterzubringen. Aber jemand von der Gewerkschaft hatte Max schon mit einem Automobil zu Genossen nach Hamburg gefahren.«

»Gut«, sagt Mimi. »Eine Sorge weniger.«

»Wenn ich nur von Konrad Nachricht hätte.« Ziska zupft an ihrem Haarkranz herum.

»Ich muss auch dauernd an ihn denken«, räumt Mimi ein.

»Mama, Fräulein Hoffmann hat mich mitgenommen zu den Leuten, bei denen Max gewesen ist.« Änne lächelt stolz. »Wir sind sogar mit der Elektrischen gefahren. Und Fräulein Hoffmann will mir ein Buch besorgen über eine berühmte englische Krankenschwester.«

Am nächsten Tag klopft es bei Mimi. Das werden doch nicht … Zögernd öffnet sie.

Ein Mädchen steht vor der Tür, außer Atem. »Du bist eine von Nellas Töchtern«, sagt Mimi sofort, denn sie hat Nella schon mit ihren Kindern gesehen. Die Ähnlichkeit ist ja auch verblüffend. Der kastanienbraune Zopf. Die freundlichen dunkelbraunen Augen. »Komm doch rein.«

»Ich soll Sie von Mama grüßen«, sagt das Mädchen. »Plascha heiß ich. Der Wawciniak, der bei uns im Haus wohnt, schickt mich wegen Konrad.«

»Was ist mit Konrad?«, fragt Mimi aufgeregt.

»Alles in Ordnung, soll ich sagen. Und dass er sich bald meldet. Mehr weiß ich auch nicht.«

»Und woher weiß dieser Wawciniak das?«

Plascha zieht die Schultern hoch. »Ist 'n Kumpel von Konrad. Auf *Heinrich Gustav*.«

»Danke. Und sag das bitte auch dem Wawciniak. Aber setz dich doch, Plascha.« Mimi schiebt dem Mädchen einen Stuhl hin. »Wie geht es denn deiner Mutter?«

»Sie ist krank«, sagt Plascha leise. »Asthma. Ziemlich schlimm.«

»Sie wartet wohl immer noch auf deinen Vater?«

»Ja, dabei glaubt nur Mama, dass er noch lebt. Sonst keiner. Ich auch nicht.«

So viel Kummer in Plaschas Augen.

Mimi nimmt einen Apfel vom Küchenschrank und reibt ihn an ihrer Schürze blank. »Magst du? Hab gestern bei Kolpes Äpfel bekommen.«

Da fängt Plascha an zu weinen. Stockend erzählt sie von den Äpfeln, die ihre Mutter dem Vater mitgegeben hat, als er in den Krieg ziehen musste. »Die waren auch von Kolpes. Ich hab sie für Papa blank gerieben«, sagt Plascha, »blitzeblank. Und wie sie gerochen haben, weiß ich immer noch.«

Hilflos steht Mimi da, den Apfel in der Hand.

»Darf ich ihn für meinen Bruder mitnehmen?«, fragt Plascha schüchtern. »Unser Felix mag so gerne Äpfel. Franja bringt auch manchmal welche von Kolpes Hof mit.«

»Dann bekommst du aber noch ein paar mehr.« Wenigstens das kann Mimi tun. Sie packt Äpfel in Zeitungspapier und ein Tütchen mit Kaffeebohnen, ein Stück Butter und ein Glas Erdbeermarmelade. Stopft alles in einen kleinen Kissenbezug. »Sagst du deiner Mutter auch Grüße von mir, und dass ich sie besuchen möchte?«

Plascha wischt sich die Tränen weg. »Ja«, sagt sie fest. »Mama wird sich freuen.«

Mimi bekommt eine Postkarte von der Ostsee. Menschen sitzen in Strandkörben oder laufen am Wasser entlang. Kein Hinweis auf einen bestimmten Ort. *Grüße an alle*, steht hintendrauf. *Die Luft hier ist gut. Fühle mich schon erholt.* Unterschrieben hat Tante Pauline.

»Konrad heißt mit zweitem Namen Paul«, erklärt Ziska. »Sein kranker Bruder ist zur Erholung an der See. Konrad wird bei ihm untergeschlüpft sein. Hoffentlich ist wirklich alles in Ordnung.«

Eine ganze Woche vergeht, ohne dass die Männer vom Freikorps noch einmal bei Mimi auftauchen. Und ohne neue Nachricht von Konrad.

Schließlich kommt er zurück. »Sie haben anderswo rausgekriegt, dass Max nach Hamburg gebracht worden ist. Aber es hat ihnen nix mehr genützt. Max ist mit seiner Frau schon auf einem Schiff nach Amerika. Er will in West Virginia in einem Kohlebergwerk Arbeit suchen.«

»In Amerika? Kann er denn Englisch?«, fragt Mimi.

»Ein bisschen«, sagt Konrad. »Ich werde es vielleicht auch lernen. Sie haben mich auf *Heinrich Gustav* gefeuert, weil ich unentschuldigt abgehauen bin.«

»Und jetzt willst du gleich nach Amerika?« Ziska sieht Konrad fassungslos an. »Es gibt doch noch mehr Zechen bei uns.«

»Ich such mir ja auch hier neue Arbeit. Aber vielleicht wäre Amerika gar nicht so schlecht.«

Konrad und Amerika?

Den Gedanken wird Mimi nicht los. Wenn Konrad tatsächlich ginge, würde das doch bedeuten, dass Ziska mitgehen würde.

Nein. Mimi will nicht länger darüber nachdenken.

Und dann ist es nicht Konrad, der Mimi um Ziska fürchten lässt.

Der Postbote bringt Mimi ein amtliches Schreiben. Darin geht es um neue Verordnungen der Handwerkskammer und um Befähigungsnachweise, die Mimi nicht habe. Obwohl sie deshalb nicht ausbilden dürfe, beschäftige Mimi ein Lehrmädchen, heißt es. Dieses Beschäftigungsverhältnis sei unrechtmäßig und dürfe nicht fortgesetzt werden.

Mimi starrt auf die seltsam klingenden feindlichen Sätze und kann nicht glauben, dass man ihr Ziska wegnehmen will.

Die schüttelt den Kopf, als Mimi ihr den Brief zu lesen gibt. »Das kann nur ein Irrtum sein, Mimi. Und in einem halben Jahr wär meine Lehrzeit doch sowieso zu Ende. Wir schreiben denen und fragen nach.«

Gemeinsam setzen sie einen Brief auf, den nimmt Ziska nach Feierabend gleich mit, um ihn auf dem Heimweg in den Postkasten zu werfen.

Am nächsten Morgen kommt Ziska früher als sonst zu Mimi. Ihr Haarkranz hängt schief und die Augen blitzen zornig. »Ich hätte zu Hause nichts von der Sache sagen sollen. Mein Vater hält mir nur wieder vor, wie dumm ich bin. Dass ich bei ihm eine sichere Zukunft hätte haben können. Aber dass ich ja nicht wollte.«

»Wir finden schon eine Möglichkeit für dich«, versucht Mimi zu trösten.

»Warten wir erst mal ab, bis wir Antwort haben.« Ziska sieht längst nicht mehr so zuversichtlich aus wie tags zuvor.

Die Antwort kommt schnell und eindeutig. Es ist kein Irrtum. Mimi darf keine Lehrlinge ausbilden.

»Dann arbeite ich eben so weiter bei dir«, schluchzt Ziska. »Ich will nicht von euch weg.«

»Nein«, sagt Mimi langsam, obwohl sie sich nicht vorstellen kann, wie sie ohne Ziska zurechtkommen soll. »Das ist keine Lösung. Du wirst es bereuen.«

»Konrad will, dass wir heiraten, am liebsten sofort. Das ist auch keine Lösung.«

»Jedenfalls kein Ersatz für eine abgebrochene Lehre.«

»Hab ich auch gesagt. Bin ganz durcheinander. Ich brauch noch Zeit.«

»Und einen Beruf«, sagt Mimi mit Nachdruck.

Regen trommelt aufs Dach.

Heinrich und die Kinder schlafen längst. Mimi hat es im Bett nicht ausgehalten. Sie steht am Fenster, presst die heiße Stirn an die kühle Scheibe und starrt hinaus in die Nacht, die zu ihren dunklen Gedanken passt. Gedanken, die um Ziska kreisen.

Ja, Mimi muss die Freundin gehen lassen, auch wenn es ihr noch so schwerfällt. Wieder allein sein? Damit muss sie sich abfinden.

Hätte sie sich energischer wehren sollen? Schon um Ziskas willen darum kämpfen müssen, dass sie die Ausbildung bei ihr abschließen kann? Stark sein wollte Mimi doch. Standhaft wie die heilige Barbara.

Das Rauschen des Regens ist stärker geworden. Mimi horcht nach draußen und reibt sich die Augen. Sie muss ins Bett.

Morgen will sie zu Jakob Hirsch. Er kennt so viele Leute. Vielleicht weiß er Rat.

Mimi geht zum Einkaufen zum Bäcker und zu Teschkes in den Kolonialwarenladen. Sie sagt Ziska nicht, dass sie auch vorhat, mit Jakob Hirsch zu reden. Sie will erst wissen, ob er tatsächlich helfen kann.

Aufmerksam hört er sich ihre Frage an. »Ich wüsste da schon jemanden«, sagt er. »Johanna Wischner ist eine tüchtige Schneidermeisterin, allerdings am anderen Ende der Stadt. Sie hat immer mehrere Lehrmädchen. Und Ziska kann ja schon eine ganze Menge. Da sagt Frau Wischner bestimmt nicht Nein. Ich frag sie. Und gebe Ihnen so schnell wie möglich Bescheid.«

Schon am Abend kommt Hirsch bei Mimi vorbei.

»Frau Wischner ist sehr an Ihrer Ziska interessiert. Sie soll sich möglichst bald vorstellen kommen. Ich bin mir jetzt schon sicher, dass sie ihre Lehre dort beenden wird.«

Wieder einmal kann Mimi sich bei Jakob Hirsch nur bedanken.

»Aber für Sie tut es mir leid«, sagt er. »Sie verlieren eine tüchtige Kraft.«

»Und eine Freundin.« Mimi kann die Tränen gerade noch runterschlucken.

»Nein«, sagt Hirsch. »Sie verlieren die Freundin nicht. Sie sehen Sie nur nicht mehr alle Tage.«

»Johanna Wischner?« Ziska funkelt Mimi an. »Du weißt doch, dass ich nicht von euch weg will.«

»Komm, jetzt sei mal vernünftig. Meinst du, mir fällt es leicht, dich gehen zu lassen?«

»Eben.«

»Ziska!« Mimis gibt ihrer Stimme absichtlich einen schärferen Ton. »Wenn meine Mutter einen Beruf gehabt hätte, damals, nach dem Tod meines Vaters, und wenn deine Mutter einen Beruf hätte …«

»… und wenn du keinen Beruf gehabt hättest, als Heinrich krank geworden ist, was dann? Ich weiß, ja, ich weiß«, gibt Ziska kleinlaut zu. »Trotzdem. Von euch weggehen.« Sie schüttelt den Kopf und fängt an zu weinen.

»Du gehst weg?« Willi ist ins Zimmer gekommen. »Das kannst du nicht machen, Ziska!« Er klammert sich an ihr Bein.

»Was ist denn hier los?«, fragt Änne.

»Ziska will weg«, schluchzt Willi.

»Ich will nicht, ich muss«, jammert Ziska.

Und obwohl Mimi den Kindern zu erklären versucht, warum Ziska nicht länger bei ihnen bleiben kann, brechen alle drei in Tränen aus. Elisabeth versteht nicht, worum es geht. Aber wenn die großen Geschwister weinen, weint sie auch.

Mimi ist ratlos. Ihr ist doch selbst zum Heulen zumute. Und jetzt muss sie wieder die Starke, Vernünftige sein.

»Tut mir leid, Mimi.« Ziska putzt sich die Nase. »Ich bin undankbar. Da hast du so schnell was für mich ausgehandelt,

Jakob Hirsch hat sich für mich eingesetzt, und ich bin störrisch wie ein Esel.«

»Ih-aah«, macht Elisabeth. Und Änne und Willi prusten los.

Ziska umarmt Mimi. »Danke, dass du das für mich eingefädelt hast.«

»Wozu hab ich denn Nähen gelernt?« Mimi lächelt schief. »Aber im Ernst: Das bin ich dir schuldig, Ziska. Und heiraten kannst du ja trotzdem, sobald du dir sicher bist.«

»Und zu dir zurückkommen, wenn ich mit der Lehre fertig bin. Alles der Reihe nach.« Ziska putzt sich noch einmal kräftig die Nase.

Es ist das erste Mal, dass Mimi Nella besuchen geht. Sie hat es Plascha doch versprochen. Aber immer ist etwas dazwischengekommen.

Mimi hat Nella schon seit einer Weile nicht mehr beim Einkaufen getroffen und erschrickt, wie blass und abgemagert sie aussieht. Wie schwer ihr das Sprechen fällt. Wie sehr sie hustet und wie pfeifend ihr Atem geht.

Mimi hat Holundersaft mitgebracht und Pflaumenkuchen. Nella bedankt sich und trinkt ein paar Schlucke Saft. »Den Kuchen heb ich für die Kinder auf, die freuen sich, wenn sie nach Hause kommen. Und ich hab sowieso keinen Hunger.«

»Du musst zum Arzt«, sagt Mimi.

»Aber das kostet doch.« Nella schüttelt den Kopf.

»Geh zu Doktor Breuer.«

Nella muss wieder husten, und dann, obwohl Mimi nicht danach fragt, sagt sie: »Hab immer noch nichts von Ignaz gehört.« Sagt es mit ihrer leisen Stimme und dem starken polnischen Akzent. »Sicher ist er in Gefangenschaft. Wenn er gefallen wäre, müsste man es mir doch geschrieben haben. Denkst du nicht?«

Was soll Mimi dazu sagen? Würde sie nicht genauso hoffen, wenn Heinrich als vermisst gemeldet worden wäre?

Aber falls Ignaz bei einem Giftgasangriff gestorben ist? Aus Angst vor dem Gift hat man die toten Soldaten nach den Kämpfen oft gar nicht mehr untersucht. Wie sollte man da die Angehörigen benachrichtigen können?

Ob Nella das nicht weiß?

Adi hat Mimi davon erzählt. Und dass es Heime gibt, in die man die vollkommen verunstalteten und die geistig verwirrten Soldaten gebracht hat, um sie vor der Bevölkerung zu verstecken. Auch von diesen armen Männern wird behauptet, sie seien vermisst.

»Ich würde am liebsten nach Polen zurück, so wie meine Freundin Lisa«, unterbricht Nella Mimis Gedanken. »Hier sind längst nicht alle so wie du oder Hanna. Erst gestern hat mich ein Junge auf der Straße als Polack beschimpft.«

Mimi schüttelt den Kopf. »Aber du gehst doch nicht weg?«

»Nein. Es ist schön da, wo ich herkomme. Wälder und Wiesen. Der Himmel blau. Aber die Kinder wollen nicht. Und Ignaz … wenn er heimkehrt, sucht er uns doch hier. Wenn er an die Tür klopft, Mimi, dann muss ich da sein.«

So viel Leid! Es ist wirklich ganz gleich, in welcher Kirche man zu Gott betet, denkt Mimi. Nicht einmal er kann sich um das Schicksal jedes Einzelnen kümmern.

Sie verspricht Nella wiederzukommen. »Vergiss nicht, zu Doktor Breuer zu gehen. Und schick eins der Kinder, wenn du Hilfe brauchst.«

»Danke«, sagt Nella. »Aber ich hab gute Nachbarinnen. Auch alle aus Polen. Wir helfen einer dem anderen.«

»Ich bin doch nicht aus der Welt, jetzt hört bloß auf zu heulen.« Ziska versucht, ihrer Stimme einen festen Klang zu geben. »Ich hab euch lieb. Ihr seid meine Familie. Macht mir den Abschied nicht so schwer.«

»Flechtest du mir noch einmal die Haare zum Kranz?«, schnieft Änne.

»Und hiermit stecken wir ihn fest.« Ziska packt eine schillernde Schildpattspange aus. »Die hat mir meine Großmutter geschenkt, als ich so alt war wie du. Jetzt gehört sie dir.«

Änne strahlt unter Tränen.

»Willi bekommt eine Gießkanne, weil er doch so gerne gärtnert. Und … hab ich nicht auch noch was für Elisabeth?« Ziska sucht in ihrer Tasche.

»Ja«, jubelt die Kleine. Und ist ganz aus dem Häuschen, als Ziska ihr vormacht, wie sie in den Tonvogel pusten muss, damit er trillert.

»Ist das auch alles Mundraub?«, will Willi wissen.

Da können sich weder Ziska noch Mimi das Lachen verkneifen.

»Ich komm euch besuchen, so oft ich freihabe«, verspricht Ziska. »Und nach meiner Lehre arbeiten wir wieder zusammen, Mimi. Dann machen wir doch noch unseren Modesalon auf.«

Eines Tages. Ja. Eines Tages vielleicht …

Mimi ist auf dem Weg zur Mutter.

»Frau Heyn, warten Sie!«, ruft jemand hinter ihr.

Mimi bleibt stehen und dreht sich um.

Es ist Plascha, die gerufen hat.

»Geht's deiner Mutter nicht gut?«, fragt Mimi, als das Mädchen angerannt kommt.

»Oh doch. Mama ist zur Kur in Büsum. Hat Doktor Breuer ihr verordnet.«

»Wie gut! Bin froh, dass sie zu ihm gegangen ist. Doktor Breuer hat uns auch immer geholfen.«

Plascha nickt. »Ja, kein Pferdedoktor wie der, der mir ohne Betäubung die Mandeln rausgenommen hat. Mama braucht nicht mal was zu bezahlen. Sie schreibt, dass es besser wird mit dem Husten. Und dass sie schon zugenommen hat.«

»Ach Plascha, das freut mich so!«

»Ja. Dacht ich mir. Deshalb bin ich gerannt, als ich Sie von Weitem gesehen hab.«

Mimi lächelt. Aber dann fragt sie ernst: »Wie kommt ihr Kinder denn jetzt alleine zurecht?«

»Wir sind doch schon groß. Und die Nachbarinnen würden auch helfen, wenn es nötig wäre.«

»Wann kommt deine Mutter zurück?«

»Weiß nicht. Hauptsache, Mama wird wieder gesund. Und jetzt muss ich nach Hause. Felix wartet auf mich. Wiedersehn, Frau Heyn.«

»Wiedersehn, Plascha. Und sag mir Bescheid, wenn ihr was braucht.«

Mimi schaut Plascha nach, wie sie leichtfüßig davonläuft. Heute hat sie einen geflochtenen Haarkranz wie Ziska. Daraus kringeln sich ein paar widerspenstige dunkle Locken, als wollten sie auf und davon. Als hätten sie es so eilig wie ihre Besitzerin.

Wenn Nella bloß wieder gesund wird. Ganz gesund.

Maria, hilf!

Als Nella von der Kur nach Hause kommt, sieht sie nicht mehr so elend aus. Scheint auch nicht mehr so verzweifelt zu sein. Sie spricht nicht mehr ständig davon, dass sie auf ihren vermissten Mann wartet. Aber Mimi lässt sich nicht täuschen. Der Kummer um Ignaz ist noch immer in Nellas Augen zu lesen. Das Atmen fällt ihr noch immer schwer.

Wenn doch ein Wunder geschähe!

Wenn Ignaz entgegen jeder Vernunft heimkehren würde.

1923–1928

Nur mit Nähen, Konrads Kostgeld und den paar Mark Rente kann Mimi die Familie nicht durchbringen, während die Inflation fortschreitet.

»Heute zahlste für 'n Kilo Kartoffeln fünftausend Reichsmark.« Konrad tippt sich an die Stirn. »Und morgen vielleicht schon das Doppelte.«

Zudem haben sich in den vergangenen Jahren immer mehr Frauen eine Nähmaschine angeschafft und Nähen gelernt. Längst nicht so gründlich, wie einem das in einer Lehre beigebracht wird. Aber zum Flicken und für einfache Nähte reicht es den meisten. So gehen Mimis Aufträge merklich zurück.

Mimi überlegt sich, ob sie mehr Kartoffeln und Gemüse pflanzen könnte. Doch ihr Stückchen Garten hinterm Haus bietet zu wenig Platz. Also pachtet Mimi genau wie Guste Lösskens und Nella ein großes Stück Brachland von der Zeche. Das Gelände heißt bei den Leuten nur »das Feld«. Und die, die es schaffen, darauf einen Gemüsegarten anzulegen, sind froh, sich mit eigener Ernte besser versorgen zu können.

Mimi weiß, dass es trotzdem oft nicht reicht zum Sattwerden für Familien mit Kindern. Nicht einmal im Sommer und Herbst. Wie sollen die Frauen da noch genügend Vorräte für den Winter einkochen können?

Dennoch ist Mimi stolz auf ihr erstes Gemüse vom Feld.

Stephan Blum will seinen Laden endgültig aufgeben, nachdem er ihn tagelang gar nicht erst aufgemacht oder schon am frühen Nachmittag wieder geschlossen hatte. »Es lohnt sich einfach nicht mehr.«

»Dann ziehen Sie jetzt zu Ihrer Tochter ins Sauerland?«

»Ja, mein Schwiegersohn will mich mit einem Pferdefuhrwerk abholen.«

»Und wenn ich Ihr Geschäft übernehme?« Mimi hat schon länger darüber nachgedacht.

»Den Laden? Ich kann nur abraten.« Blum verzieht das Gesicht. »Die Miete ist zwar niedrig. Trotzdem, ich sag ja, es lohnt sich nicht.«

»Versuchen kann ich es doch.«

»Ich hab Sie gewarnt.« Blum seufzt. »Falls Sie es schaffen, Ordnung in die restlichen Waren zu bringen und gründlich sauberzumachen, brauchen Sie mir keinerlei Ablöse zu zahlen. Namen und Anschriften meiner Lieferanten finden Sie in der Schublade unter der Kasse.«

»Danke. Wann soll ich anfangen?«

»Wann Sie wollen. Mich hält hier nichts mehr.«

»Dann also morgen?«

»Von mir aus«, sagt Blum. »Hoffentlich haben Sie mehr Glück als ich.«

Mimi putzt die schmutzigen Fenster und schrubbt den Boden. Sie räumt die vielen kleinen Schubladen leer, die in die Schränke aus dunklem Holz eingepasst sind.

Wie geordnet und übersichtlich war einmal alles bei Stephan Blum. Jetzt findet Mimi bloß noch ein Durcheinander aus allerlei Stiften, Schulheften mit Eselsohren, Briefblöcken, Umschlägen und bunten Glückwunschkarten, deren Farben verblasst sind. Stößt auf vergilbtes zartes Seidenpapier, ein paar Glanzbilderbögen und Lametta in Silber und Gold.

Sie sortiert das Wenige, was noch brauchbar ist. Sobald sie wieder etwas Geld verdient hat, will sie einkaufen, was ihrer Meinung nach in den Laden gehört. Zeitungen und Zeitschriften sollen auch ins Angebot. Und Tabak.

Heinrich bringt auf ihre Bitte den völlig verrußten und verdreckten kleinen Kanonenofen wieder in Ordnung. Und er schleift die Fensterrahmen sorgfältig ab, damit Mimi sie streichen kann. Das braucht Zeit. Heinrich ist aus der Übung. Aber er macht alles gründlich, und Mimi ist froh, dass er ihr hilft.

Jetzt erweist es sich mehr denn je als Glück, dass Mimi so beliebt ist bei den Leuten, für die sie näht oder früher genäht hat. Viele von ihnen kommen nun auch zum Einkaufen zu ihr.

Eines Vormittags steht Jakob Hirsch im Laden und fragt nach Pfeifentabak. Mimi legt das Päckchen auf den Ladentisch, doch als Hirsch zahlen will, sagt sie energisch: »Nein, bitte nicht! Sie haben bei mir noch was gut.«

Er stutzt. Dann steckt er sein Portemonnaie weg. »Aber nur dieses eine Mal«, sagt er genauso energisch. »Ich möchte ja wiederkommen.«

»Das hoffe ich.« Mimi lächelt.

»Sie sind dem Schneiderhandwerk doch nicht ganz untreu geworden?«, fragt er.

»Nein, aber die Aufträge sind stark zurückgegangen, und ohne Ziska …«

»Verstehe«, sagt Hirsch. »Die Zeiten sind schwierig. Hoffen wir, dass es bald besser wird. Dass Deutschland sich endlich von den Kriegsfolgen erholt. Noch sieht es nicht danach aus. Ich musste zwei Verkäuferinnen entlassen, weil ich sie nicht mehr bezahlen kann.«

Hoffen wir, dass es bald besser wird. Ja, auch Mimi will, sie darf die Hoffnung nicht verlieren. Es kann ja nicht ewig so weitergehen. Oder doch?

Mimi macht ihren Laden so zeitig am Morgen auf wie der Bäcker. Da können die Kumpel von *Heinrich Gustav* sich gleich nach der Nachtschicht Tabak, Kautabak oder eine Zeitung kaufen.

Schon bald hat Mimi eine Stammkundschaft beisammen. Die Arbeit wird dabei immer mehr. Sie erschöpft Mimi. Aber sie hilft ihr auch, sich durch die Tage zu bringen. Ein Schritt nach dem anderen. Bis sie abends den Laden abschließt und die Treppen zu ihrer Wohnung hinaufsteigt, die kleine Elisabeth an der Hand. Und wenn die Kinder im Bett sind, geht es im Haushalt und an der Nähmaschine weiter … weiter … immer weiter.

Heute muss Mimi nach dem Abendessen noch mal runter in den Laden. Sie hat ein Paket mit Grußkarten geliefert bekommen und keine Zeit gehabt, sie auszupacken und einzusortieren. Das will sie schnell nachholen.

Der volle Mond scheint in den Ladenraum, so dass sie kein Licht anzumachen braucht.

Glückwünsche. Zu Geburtstagen, Hochzeiten, zur Konfirmation und zur Erstkommunion.

Auch Änne wird am nächsten Weißen Sonntag Kommunionkind sein. Mimi hat ihr schon das Kleid genäht, ein Schmuckkränzchen für die Haare gemacht und glänzende Lackschuhe gekauft.

Derselbe Pfarrer, der Mimi und Heinrich getraut und Heinrich zu Beginn der Krankheit besucht hat, bereitet die Kommunionkinder auf ihren Festtag vor. Da spielt es keine Rolle, dass Mimi sich noch immer nicht gut auskennt mit den Sakramenten der katholischen Kirche.

Was war das eben? Mimi starrt auf die Tür, von der ein leises Kratzgeräusch kommt. Schnell duckt Mimi sich auf den Boden neben dem Ofen.

Da wird auch schon von außen geöffnet.

Ein Mann linst um die Ecke. Die Schirmmütze hat er tief in die Stirn gezogen.

Mimi hält die Luft an. Sei still. Mach dich klein. Werde unsichtbar.

Der Mann verharrt einen Moment an der Tür, dann betritt er zögernd den Laden. Obwohl er vorsichtig aufzutreten versucht, quietschen die schmutzigen derben Schuhe.

Er scheint sich auszukennen, muss schon hier eingekauft haben, denn er steuert sofort auf die Kasse zu.

Kurz denkt Mimi an den Abend, als Jakob Hirsch sie gerettet hat. Sie greift nach dem Stocheisen, das am Kanonenofen lehnt. »Die Kasse ist leer«, sagt Mimi zum Rücken des Mannes und richtet sich auf.

Der Mann fährt herum. »Was … was tun Sie hier?«, stammelt er mit weit aufgerissenen Augen.

»Ich? Das ist mein Laden. Was tun Sie hier?«, fragt Mimi energisch zurück. »Raus, aber schnell!« Drohend schwingt sie das Stocheisen.

»Bin ja schon weg!«, schreit der Einbrecher.

Erst als Mimi nach seinem Verschwinden die Tür abschließt und den Riegel vorschiebt, merkt sie, dass ihr die Hände zittern. Lachen muss sie trotzdem. Wie er davongerannt ist, der Angsthase! Aber das Einsortieren der restlichen Glückwunschkarten lässt Mimi doch lieber bleiben. Das muss bis zum nächsten Morgen warten. Sie nimmt sich vor, spätabends nicht mehr im Laden zu arbeiten. Und wenn doch, wenn es sich nicht vermeiden lässt, dass sie in jeder Ecke des Raums etwas verstaut, womit sie zuschlagen kann.

Der Weiße Sonntag wird ein typischer Apriltag. Sonne und Regenschauer wechseln sich ab. Sogar Graupel ist dabei.

Wie gut, dass Mimi für Änne noch eine weiße Jacke aus dicker Wolle gestrickt hat.

Als Mimi neben Heinrich in der Kirche kniet und ihre Älteste zum Altar gehen sieht, vermischen sich die Bilder mit Erinnerungen an ihre Trauung. An die Predigt und an die Engelchen. Am Altar Heinrich und Mimi. Ihr Versprechen, sich zu lieben, zu achten und zu ehren, bis dass der Tod sie scheidet. Ja, sie kann ihn wieder lieben und achten, ihren Heinrich. Es ist nicht nur der Schwur, der sie an ihn bindet. Ist nicht mehr bloßes Mitleid. *Großer Gott, wir loben dich*, wird auch heute wieder gesungen.

Und auch heute wird anschließend in der *Flotte* gefeiert. Mimis gesamte Familie, Heinrichs Eltern und Brüder, Ziska, Konrad und Fräulein Hoffmann … Sie alle hätten kaum in Mimis und Heinrichs Küche gepasst.

Änne bedankt sich für den Rosenkranz, den ihr Else und Friedrich schenken. Für das Kreuz am Goldkettchen von Adi und Ewald. Für Porzellanbecher mit Vergissmeinnicht von Ziska und Konrad.

Doch am meisten freut sie sich über das dicke Buch, das sie von Fräulein Hoffmann bekommt. Aber das begreift wohl nur Mimi. Ein Buch über große Frauen in der Geschichte. Änne zeigt es Mimi mit strahlenden Augen.

Als abends alle nach Hause wollen, ist Änne verschwunden. Mimi findet sie im Treppenhaus.

Da sitzt sie, versunken in ihr Buch.

»Ich nehme Willi und Elisabeth heute mit in die Bücherei«, erklärt Änne. »Die zwei haben so gebettelt. Und man kann in der Bücherei ja auch Bilderbücher ausleihen.«

Mimi sieht ihren Kindern nach, wie sie über den Kirchplatz zum Gemeindehaus gehen. Änne in der Mitte, Willi neben sich und Elisabeth an der Hand.

Die Geschwister haben einander. Aber wenn sie doch auch Freunde hätten!

Elisabeth bringt ein Bilderbuch nach Hause. *Etwas von den Wurzelkindern.* »Guck mal, Mama.« Vorsichtig blättert sie die Seiten mit den bunten Bildern um. »Die Zwergenkinder, die können Kleider nähen. So wie du.«

»Das sind ja Blumenkinder«, staunt Willi. Und dann sagt er erst mal gar nichts mehr. Nimmt sich das Pflanzenbestimmungsbuch vor, das Änne für ihn ausgeliehen hat. »Akelei«, murmelt er und betont jede Silbe. »Blaustern. Goldlack. Rittersporn.«

»Zeig mal.« Elisabeth zieht sich einen Stuhl neben den von Willi und klettert darauf. Guckt dem Bruder über die Schulter.

Er lässt sie die Blumen anschauen. »Sind sie nicht schön gemalt?«, fragt er. »Und hier siehst du, wie Blumen trinken.« Er zeigt der kleinen Schwester den Längsschnitt einer Pflanze und verfolgt mit dem Finger den Weg des Wassers durch den Stängel bis zu den Blüten.

»Oh«, sagt Elisabeth. »So trinken die Blumen?«

»Ja«, sagt Willi. Und als Heinrich das Bild auch sehen will, geht Willis Finger noch einmal über den Weg des Wassers durch die Pflanze. Blättert Willi für den Vater und die kleine Schwester durch das Buch, macht sie aufmerksam auf blühende Rosensträucher und Wiesen mit Margeriten und rotem Mohn.

»All diese Blumen«, sagt Heinrich mit Staunen in der Stimme, »die gefallen mir auch.«

Mimi hört zu. Er träumt von schönen Gärten, ihr Willi. Und spricht doch so selten darüber.

Hat sie ihm die Hoffnung genommen, dass seine Träume wahr werden können?

Wieder einmal sitzt Mimi bei Fräulein Hoffmann auf dem Sofa. »Ich hab den Kindern ein Zuhause gegeben. Aber ich kann sie nicht genug beschützen. Dabei hab ich doch davon geträumt, dass ihr Leben anders werden sollte als meins. Eine sorglose Kindheit hab ich ihnen gewünscht.«

»Sorglos?«, wiederholt Fräulein Hoffmann. »Ich habe so viele Kinder erlebt in meiner langen Zeit als Lehrerin. Sicher, manche hatten es leichter als andere. Doch Kindheit ganz ohne Schatten? Daran glaube ich nicht. Es gibt immer schmerzliche Momente. In jedem Kinderleben.«

»Aber was kann ich unseren Kindern schon geben?«

»Was du ihnen vorlebst«, sagt Fräulein Hoffmann. »Sich begeistern. An sich glauben. An Zielen festhalten.«

Mimi denkt nach. »Ja«, sagt sie. »Und Heinrich würde es auch tun, wenn er nicht krank geworden wäre.«

»Siehst du.« Fräulein Hoffmann lächelt. »Sei nicht so streng mit dir. Vielleicht brauchen eure Kinder ihre eigene kleine Welt jetzt noch als Schutzraum. Das ändert sich, wenn sie älter werden. Du liebst sie. Und Heinrich, da bin ich mir sicher, liebt sie auf seine Weise auch.«

»Ja, das weiß ich.«

»Und das ist es doch, was zählt«, sagt Fräulein Hoffmann. »Du wirst schon sehen, Mimi. Hab Geduld. Auch mit dir.«

Sobald die Eisheiligen vorbei sind, überrascht Heinrich Mimi damit, dass er und Willi rauswollen aufs Feld. »Lass mich dem Jungen helfen. Er wünscht sich doch schon lange ein eigenes Blumenbeet«, sagt er. »Guste Lössken hat Ringelblumen vorgezogen, davon gibt sie uns welche ab. Paul nennt sie Goldblumen. Dann hätten sogar wir einmal Gold.« Heinrich lacht. Sein tiefer, dröhnender Bass! »Und Margeriten hat Guste auch zu verschenken.«

Mimi ist so verblüfft, dass ihr wieder einmal die Worte fehlen. Willi stellt sich neben Heinrich und sieht sie erwartungsvoll an.

»So, so.« Mimi versucht ernst zu bleiben. »Da haben sich zwei zusammengetan, um mich zu überreden.«

»Bitte, Mutter!«, sagt Willi. »Bitte, bitte.«

»Du bist doch einverstanden?«, fragt Heinrich.

Ein guter Vater. Wie hat Mimi sich den für ihre Kinder gewünscht. Kann er das wieder werden, ihr Heinrich, nach allem, was er inzwischen durchgemacht hat?

»Ja.« Jetzt lacht auch sie. »Einverstanden.«

Und Willi? Der kann es kaum fassen! Sein Vater will mit ihm Blumen pflanzen, und die Mutter hat es erlaubt!

Jeden Tag gehen Heinrich und Willi jetzt aufs Feld. Sie setzen nicht nur die Pflanzen, die Lösskens ihnen geschenkt haben. Sie kümmern sich auch um Mimis Gemüse. Bauen sogar eine Vogelscheuche aus Holzstangen, um die lästigen Krähen zu vertreiben. Mimi muss dafür ein paar Lumpen und einen alten Hut herausrücken. Mit geröteten Gesichtern, zerstrubbelten Haaren und Erde unter den Fingernägeln kommen Vater und Sohn zurück.

Heinrich nennt es ein Stück Paradies, auch wenn das kleine Blumenbeet wenig Ähnlichkeit hat mit den Gärten, die Fräulein Hoffmann malt.

»Paradies, oh ja«, flüstert Willi.

Und Mimi wünscht sich, der Sommer würde andauern. Wünscht sich, dass die Wärme bliebe und das Leuchten in Heinrichs und Willis Augen. Wünscht sich, sie müsste sich keine Gedanken machen über mangelnde Kohle oder zu klein gewordene Winterschuhe.

Ja, wenn es doch so bleiben könnte!

Aber kein Sommer dauert ewig.

Es wird Herbst. Und es wird Winter.

Ja, so schön manche Augenblicke auch waren, reichen sie doch nicht, um schwierige Zeiten fernzuhalten. Hören die Zeiten nicht auf, in denen Mimi nichts als erschöpft ist.

Ich kann nicht mehr.

Nur einen Moment ausruhen will sie. Nur einen Moment die Augen schließen. Sie setzt sich an den Tisch, stützt die Ellbogen auf und legt das Kinn in die Hände. Bei Teschkes haben sie heute über Selbstmörder gesprochen.

»In die Ruhr sind welche gegangen, mit schweren Steinen in der Tasche. Ein Mann ist in Kettwig von einer Brücke gesprungen und wurde von einem Zug überrollt. Ein anderer, der noch vom Krieg ein Gewehr versteckt hatte, hat sich eine Kugel in den Kopf gejagt«, hat Frau Teschke erzählt.

»Feiglinge«, hat der alte Teschke gesagt.

»Nein«, hat Mimi laut widersprochen.

Teschkes und alle im Laden haben sie angestarrt, als warteten sie auf eine Erklärung.

Mimi hat nur den Kopf geschüttelt. Wie gut kennt sie die Verzweiflung. Sie weiß, was es heißt, ständig ums Überleben zu kämpfen und vor lauter Sorgen in viel zu kurzen Nächten wachzuliegen. Sie kennt das Verlangen, für nichts und für niemanden mehr verantwortlich zu sein. Dem ganzen Jammer ein Ende zu machen. Sie weiß, wie es sich anfühlt, wenn immerzu ein grauer Schleier über den Tagen liegt. Wie Ruß. Wie Kohlenstaub.

Aus den weißen Vorhängen hat Mimi ihn immer rauswaschen können. Aber ihr Leben kann sie nicht in einen Waschzuber stopfen. Nein. Das kann sie nicht. Doch genauso wenig könnte sie ihrem Leben ein Ende machen.

Sie muss nur die Kinder anschauen und Heinrich.

Schon steht sie auf vom Tisch und zwingt sich an die Arbeit, wie sie jeden Tag im Morgengrauen aufsteht, egal, wie wenig sie geschlafen hat. Die Hühner füttert. Die Ladentür aufschließt. Im Küchenherd Feuer schürt. Den Wasserkessel aufsetzt. Die ersten Kumpel im Laden bedient. Ware bestellt. Auspackt. Einräumt. Kocht. Putzt. Wäscht. Bügelt. Flickt. An der Nähmaschine sitzt. Und durchhält bis in die Nacht, bis sie getan hat, was getan werden muss.

Sie weint nur ganz selten, heimlich und leise, damit sie die Kinder nicht erschreckt.

Die Kinder. Sie sind es ja immer wieder, die ihr Kraft geben zum Durchhalten.

»Mama, wir haben auf dem Schulweg französische Soldaten gesehen. In Pferdewagen sind sie durch die Straße gefahren, zur Zeche *Heinrich Gustav*. Der Lehrer sagt, dass sie sich die Kohle aus den Bergwerken holen. Die müssten wir Deutschen hergeben, weil … weil wir doch den Krieg verloren haben.« Änne kommt vor Aufregung ins Stottern.

»Ja, dass Franzosen und Belgier bei uns einmarschiert sind, haben mir Kunden auch erzählt. Und dass jetzt auf der Zeche gestreikt wird. Weil die Kumpel sonst nur noch für die Sieger arbeiten würden. Und wir hier frieren, weil man uns von der vielen Kohle keine übriglässt.«

»Gemein«, sagt Willi empört. »Wenn jetzt Sommer wäre, würden die Franzosen bestimmt auch noch meine Blumen klauen.«

Mimi ist spät dran mit Laden putzen. Sie hat erst Essen gemacht und die Kinder ins Bett gebracht. Hätte sich am liebsten gleich dazugelegt.

Einmal ausschlafen. Einmal lange und tief und fest und traumlos schlafen. Aber sie kann den Laden nicht schmutzig lassen. Heute schon gar nicht. So viel grauschwarzer Matsch auf dem Fußboden nach dem Schneeschauer kurz vor Ladenschluss.

Mimi wringt gerade den Putzlappen aus, da fallen draußen Schüsse. Schreie gellen durch den Abend.

Und gleichzeitig Geräusche an der Tür.

Doch nicht schon wieder ein Einbrecher?!

Jetzt Schritte, fast wie das Torkeln eines Betrunkenen. Ein Poltern gegen die Ladentür.

Mimi will nach oben in die Wohnung. Bloß weg. Nichts damit zu tun haben. Mach dich unsichtbar. Doch irgendetwas hält Mimi zurück. Etwas zwingt sie herauszufinden, was sich vor ihrer Ladentür abspielt.

Als Mimi vorsichtig öffnet, stolpert ihr Doktor Breuer vor die Füße. Kreidebleich, und aus seinem linken Ärmel sickert Blut. »Franzosen sind hinter mir her«, japst er. »Ich komme von einem Patienten, der im Sterben liegt.«

»Und deswegen hat man auf Sie geschossen?«, fragt Mimi entgeistert.

»Bin in die Sperrstunde geraten.«

»Oh Gott.« Mimi deutet auf seinen Arm. »Das müssen wir verbinden.«

»Ist wohl nur ein Streifschuss. Aber wie soll ich bloß nach Hause kommen?«

»Sie gehen jetzt erst mal mit mir nach oben in die Wohnung!«, entscheidet Mimi. »Wir versorgen die Wunde. Und heute Nacht bleiben Sie hier.«

Der Doktor folgt ihr stumm.

Konrad sitzt wieder einmal bei Heinrich in der Küche. Die beiden springen auf, als Mimi mit dem Arzt hereinkommt.

»Die Schüsse eben?«, fragt Konrad mit Blick auf das Blut am Ärmel des Doktors.

Der Arzt nickt. »Es waren noch mehr Leute unterwegs«, erklärt er. »Man hat uns gejagt wie Karnickel. Die Besatzer nehmen es ernst mit der Sperrstunde.«

Mimi hilft ihm, die Jacke auszuziehen.

Heinrich holt Verbandszeug aus der Schlafkammer. »Wenn wir doch Schnaps im Haus hätten«, sagt er. »Das wär jetzt die beste Medizin für den Doktor.«

»Ich hab noch 'ne Flasche Korn. Trinken Sie ein Gläschen?«, fragt Konrad den Arzt.

»Täte mir sicher gut.«

»Ich bring den Schnaps her. Und wenn Sie wollen, Herr Doktor, können Sie in meiner Kammer übernachten. Mimi lässt mich bestimmt auf dem Küchensofa schlafen.«

»Sicher«, sagt Mimi.

»Ich will keine Umstände machen.«

»Umstände. Herr Doktor, das vergessen Sie mal sofort!« Mimi winkt ab. »Sie bleiben jetzt schön auf dem Sofa sitzen, und ich wärme Ihnen Erbsensuppe auf.«

Nachdem Doktor Breuer den zweiten Schnaps gekippt hat, kehrt Farbe in sein Gesicht zurück. »Ich hab nicht auf die Zeit geachtet«, sagt er. »Und soll ich vielleicht meine Patienten im Stich lassen, nur weil man uns Sperrstunden aufzwingt?«

»Mich haben Sie auch nie im Stich gelassen, Herr Doktor«, sagt Heinrich. »Wenn es bloß etwas gäbe, womit ich Ihnen danken kann.«

»Dass es Ihnen bessergeht, ist mir Dank genug.« Doktor Breuer sieht von Heinrich zu Mimi. »Und mir hat schon lange nichts mehr so gut geschmeckt wie die Erbsensuppe meiner Retterin! Auch dafür Dank!«

Es ist Mimi egal, dass der Putzeimer noch unten steht, mitten im Laden auf dem schmutzig gebliebenen Fußboden. Es ist ihr egal, dass sie noch später als gewöhnlich ins Bett kommen wird. Und als sie dem Doktor das Bett in Konrads Kammer richtet und für Konrad ein Lager auf dem Küchensofa macht, summt Mimi vor sich hin, wie Ziska es oft getan hat. Mögen die Zeiten auch sein, wie sie nun mal sind.

Als Mimi am anderen Morgen das Feuer im Herd schürt, um Kaffeewasser aufzusetzen, hört sie den Doktor schon fortgehen. Sie will ihm nachlaufen. Da fällt ihr ein, dass er sich bestimmt lieber zu Hause wäscht. Kleider wechseln muss er ja auch. Und seine Haushälterin wird schon für ein gutes Frühstück sorgen.

Vielen Dank, hat Doktor Breuer auf einen Zettel geschrieben. *Ich komme bald wieder vorbei. Aber dann nicht in der Sperrstunde.*

»Lass mich das machen.« Änne nimmt Mimi den Wäschekorb ab.

»Der ist zu schwer für dich, Kind.«

»Nein, ist er nicht. Und wenn du weiter so viel arbeitest, Mama, wirst du noch krank.«

Änne verschwindet mit dem Korb in den Garten hinterm Haus. Mimi sieht ihr vom Fenster aus zu, wie sie die Wäschestücke sorgfältig auf die Leine hängt. Änne ist doch erst elf, aber groß für ihr Alter. Sie lernt gut. Ihr Lehrer ist sehr zufrieden mit ihr. Sonntags nach dem Gottesdienst leiht sie sich immer noch Bücher in der Gemeindebibliothek aus. Märchen und Heiligenlegenden liest sie den Geschwistern vor. Sie selbst mag lieber Reiseerzählungen und die Lebensberichte großer Persönlichkeiten.

Nie spielt sie mit anderen Kindern.

»Hast du keine Freundinnen in der Schule?«, hat Mimi einmal gefragt.

»Ich hab Willi und Elisabeth.«

»Die sind doch so viel jünger als du.«

»Das macht nichts.«

Ob die Schulkinder über Änne lachen, so, wie früher Mimis Klassenkameraden über sie gespottet haben?

Nein, zu kurze Kleider muss Änne nicht tragen. Anders als die meisten Kinder ist sie trotzdem. Ständig liest sie. Und dann der Vater mit der rätselhaften Krankheit …

Wie zufällig geht Mimi am Schulhof vorbei, als gerade Pause ist. Änne hockt auf einer Mauer, ein Buch in der Hand.

Niemand kümmert sich um sie.

Oder doch?

Mimi sieht einen Jungen zu Änne laufen. Was er sagt, kann Mimi nicht verstehen.

Was will der Junge von Änne?

Nichts Gutes, denkt Mimi, so, wie der guckt. So, wie er mit den Händen herumfuchtelt.

Jetzt sieht Änne hoch. Sieht dem Jungen ins Gesicht. Und Mimi ahnt, dass es an den Blicken liegen muss, die Änne ihrem Gegenüber zuwirft, dass er geht und sie in Ruhe lässt.

Sie ist stark, ihre Große. Sie muss es sein.

Auch der nächste Winter geht vorbei.

Es wird Frühling. Und Willi hat nicht vergessen, was er sich vorgenommen hat. Im Gegenteil. Er ist regelrecht besessen vom Gärtnern. Wenn Mimi Pflanzen einkauft, geht Willi mit. Er stellt Gärtner Petschko Fragen, die selbst der manchmal nicht beantworten kann.

Willi sät, pflanzt. Jätet Unkraut für die Mutter. Bindet die Beerensträucher hoch. Sammelt Pferdemist von der Straße zum Düngen.

»Mehr Blumen wären schön«, erinnert er Mimi. »Gärtner Petschko hat mir Samen geschenkt.«

»Dann versuch es, Willi.«

»Darf ich wirklich mehr Land haben?«, bohrt der Junge nach.

Mimi nickt.

Willi bereitet den Boden sorgfältig vor. Gräbt um. Lockert die Erde. Und nachdem er gesät hat, schleppt er jeden Tag die schwere Gießkanne zu seinem Stückchen Land, um zu wässern.

Schon bald zeigt er Mimi die ersten Keimlinge. »Ist es nicht ein Wunder, wie alles wächst?«, fragt er.

Mimi lässt sich immer mehr von seinem Eifer überzeugen. Gleicht es nicht auch einem Wunder, dass ihr Willi so ausdauernd im Garten arbeitet und so viel Freude dabei hat?

Sich begeistern. An sich glauben. An Zielen festhalten. Fräulein Hoffmanns Worte. Ja, Mimi hat es den Kindern vorgelebt. An Willi sieht sie, dass es schon fruchtet. Und ihr hilft es, sich weniger Sorgen um ihre Kinder zu machen.

»Gefallen sie dir, Mutter?«, fragt Willi aufgeregt, als nach längerem Regen ein bunter Teppich Sommerblumen blüht.

»Es ist wunderschön, Junge.« Mimi muss Tränen wegblinzeln. Sich die Welt bunt malen. Mimis Leben ist nicht mehr karg und ohne Glanz. Ist nicht mehr ständig dunkel.

Oft bringt Willi ihr eine Blume aus dem Garten mit nach Hause oder eine Vogelfeder, die er unterwegs gefunden hat. Und wenn keine Kunden im Laden sind und Mimi Ware einräumt oder an der Nähmaschine arbeitet, setzt Änne sich oft auf ihre stille, selbstverständliche Art zur Mutter, schält Kartoffeln oder putzt Gemüse. Dabei erzählt sie, was in den Büchern passiert, die sie in der Bücherei ausgeliehen hat.

»Erzähl weiter«, sagt Mimi dann und steigt mit Änne und Heidi in Graubünden auf die Alp. Zum Alm-Öhi, der Mimi an Heinrich erinnert. Fährt mit Heidi nach Frankfurt zu Familie Sesemann. Die heimwehkranke Heidi und die gelähmte Klara müssen auch allerhand durchmachen. Mimi atmet mit Änne auf, als alles zu einem guten Ende kommt. Onkel Tom dagegen! Mimi kann kaum noch zuhören, als Änne erzählt, was er alles erdulden muss. Was für ein Auf und Ab das Leben dieses tapferen Sklaven ist. Dagegen hab ich es doch gut, denkt Mimi.

Und sie verspürt Freude, wenn Elisabeth mit ihrer hellen klaren Stimme singt, ellenlange ausgedachte Lieder.

Mehr noch, wenn Mimi dabei in Heinrichs Gesicht ein Lächeln entdeckt wie in der Zeit, als er Änne den Bi-Ba-Butzemann vorgesungen hat.

Ziska hält ihr Versprechen. Oft kommt sie noch spät am Abend vorbei. Und immer an ihren freien Sonntagen. Zu Konrad, aber auch zu Mimi, Heinrich und den Kindern. Über Schneidermeisterin Wischner kann Ziska nicht klagen, auch wenn es keine Freundschaft wird. Doch leidet sie darunter, dass ihr Vater Konrad ablehnt. »Der soll mir bloß nicht ins Haus kommen. Mit einem Politischen will ich nichts zu tun haben, hat er gesagt.«

Umso mehr steigern sich Mimi und Ziska jetzt in ihre Zukunftspläne. Modesalon. Nur ein Spiel? Mimi ertappt sich dabei, dass sie wieder daran glaubt. Sich darauf freut. Dass sie die mahnende innere Stimme zum Schweigen zu bringen versucht, die ihr zuflüstert: Hast du keine Lehren aus der Vergangenheit gezogen? Weißt du nicht, wie schnell das Blatt sich immer wieder wendet?

Lass mich in Ruh', begehrt Mimi auf. Ich weiß, dass man sich Glück nicht verdienen und es erst recht nicht festhalten kann. Aber meine Träume machst du mir nicht kaputt! Wie soll man denn überleben, wenn man sich nicht manchmal in Träume flüchten kann?

Wie dumm du bist. Willst dich in Träume flüchten, die doch immer wieder zerplatzen, kommt es spöttisch zurück.

Sei still! Sei bloß still!

Siehst du, flüstert Mimis hämische innere Stimme ein paar Wochen später.

»Wir verschieben unsere Pläne vom Modesalon nur, Mimi. Aber wir halten daran fest.« Ziska zupft den Ärmel ihres Hochzeitskleids zurecht, das Mimi nach dem Schnitt ihres eigenen genäht und der Freundin geschenkt hat.

Zum Abschied, denn Konrad und Ziska haben sich entschieden, zusammen zu Max nach Amerika zu gehen. »Eine verflixt schwierige Entscheidung«, sagt Ziska. »Ich hab kaum noch schlafen können vor lauter Grübeln.«

Konrad hatte auch seine neue Arbeitsstelle verloren. Gleich am Tag nach seiner Rede in Essen bei einer Versammlung des Bergarbeiterverbandes.

Ihre Lehre hat Ziska zu Ende gebracht. Doch ein Modesalon? Mimi brauchte nicht viel zu erklären. Ziska hat schon verstanden, dass ihnen die Mittel dazu fehlen. Jetzt, da die Inflation auf eine Weise anwächst, wie es sich niemand hätte vorstellen können. Wo in Milliarden und Billionen gerechnet wird und Leute auf offener Straße Papiergeldbündel in Schubkarren transportieren. Geld, das kaum noch was wert ist und von Stunde zu Stunde weiter an Wert verliert.

»Heute bringen die Kumpel für eine einzige Schicht drei Milliarden Reichsmark nach Hause.« Konrad schüttelt den Kopf.

»Aber ein Brot kostet 420 Milliarden«, sagt Mimi. »Das ist doch fast nicht zu glauben.«

Und Ziska müsste ja für zwei verdienen. Genau wie Konrad sieht sie Amerika inzwischen als Ausweg an. Zumindest für eine Weile.

»Max hat in Virginia schon Landsleute getroffen«, erzählt Konrad. »Und eine sichere Stelle für mich gibt es auch in dem Bergwerk, in dem er arbeitet. Doch sobald es in Deutschland wieder aufwärtsgeht und wir genug Geld gespart haben, kommen wir zurück. Wir bleiben bestimmt nicht für immer da drüben.«

»Du musst es versprechen«, verlangt Ziska.

»Das fällt mir nicht schwer«, sagt Konrad.

»Schließlich sind ja immer noch seine Papiere in unsere Steppdecke eingenäht.« Mimi lächelt. »Die wird er sich doch hoffentlich eines Tages abholen.«

Sie will sich nicht anmerken lassen, wie schwer es ihr dieses Mal fällt, Ziska gehen zu lassen. Das andere Ende der Stadt war ja schon weit weg. Aber Amerika …

Ziska und Konrad wollten nicht unverheiratet auf die weite Reise gehen. Am Morgen sind sie getraut worden. Und jetzt richtet Mimi eine kleine Hochzeitsfeier für die Freunde aus. Dass es gleichzeitig ein Abschiedsfest ist, daran wollen sie alle nicht denken. Ganz eng sitzen sie beieinander am Tisch. Auch Ziskas Mutter und ihr älterer Bruder sind dabei. Sie haben einen Braten mitgebracht.

»Mundraub«, flüstert Ziska mit einem Kichern.

Mimi lässt sich anstecken. Die beiden lachen und lachen. Können gar nicht mehr aufhören. Und als ihnen beim Abschied dann doch die Tränen kommen wollen, ist es diesmal Mimi, die der Freundin schnell zuflüstert: »Mundraub.«

Nach wenigen Wochen der erste Brief aus Amerika:

Liebe Mimi,

die Überfahrt mit dem Schiff war schrecklich. Die meiste Zeit waren Konrad und ich seekrank und wären am liebsten gestorben. Mehr will ich darüber nicht schreiben. Auf der anschließenden Eisenbahnfahrt nach Matewan hab ich fast nur geschlafen. Max und seine Frau Emma haben uns vom Bahnhof abgeholt. In dem Haus, in dem sie wohnen, haben wir ein möbliertes Zimmer bekommen.

Im Bergwerk geht es ähnlich zu wie bei uns zu Hause, sagt Konrad. Vor ungefähr einem Jahr gab es hier eine blutige Schlacht zwischen Bergarbeitern und Regierungstruppen. Seitdem sind die Arbeitsbedingungen angeblich verbessert und Gewerkschaften erlaubt worden. Max und Konrad glauben an Freiheit und Gerechtigkeit im Land der unbegrenzten Möglichkeiten. Hoffentlich täuschen sie sich nicht!

Ich hab Arbeit in einer Kleiderfabrik gefunden. Stell dir vor! Wir sind an die fünfzig Näherinnen. Das ist ein Lärm in dem Saal, kann ich dir sagen. Wie gemütlich war es dagegen bei Dir. Neben mir sitzt Becky an der Nähmaschine, eine schwarze Frau. Ihre Urgroßmutter Sarah war als Kind noch

Sklavin, das kann ich kaum glauben. (Also, wenn ich das richtig verstanden habe. Ich lerne abends und sonntags wie eine Verrückte Englisch, und Becky spricht immer langsam und deutlich mit mir. Nur in unserer kurzen Mittagspause natürlich und wenn wir ein Stück Heimweg zusammen gehen. Während der Arbeit dürfen wir nicht reden. Die Aufseherinnen sind sehr streng.)

Konrad sagt, daß das Sklaventum noch immer nicht wirklich abgeschafft ist, wenn man sich anguckt, wie die Bergarbeiter schuften, ob bei uns zu Hause oder hier. Und wir Fabrikarbeiterinnen genauso. Immerhin werden wir nicht geschlagen. Na ja.

Nächstes Mal schreib ich Dir ein bißchen von der Landschaft hier, von den Bergen und Flüssen, die sind wirklich schön. Und ich hoffe, daß ich auch mal Indianer sehe, von denen ich Dir erzählen kann. Ach Du, die Amis essen gerne große halb rohe Stücke Fleisch vom Rind. Darüber würde mein Vater sich aufregen. Aber worüber regt der sich nicht auf? Und schon zum Frühstück gibt es hier Pfannkuchen mit süßem Sirup. Wir machen das natürlich nicht, wir essen morgens Brot mit Marmelade. Das Brot backen Emma und ich abwechselnd selbst, damit es schmeckt wie zu Hause. Wir wollen ja auch keine Amis werden.

Und jetzt hör ich schnell auf zu schreiben, sonst fang ich an zu heulen vor Heimweh.

Ich denke jeden Tag an Euch.

Drück die Kinder von mir und grüß Heinrich.

Ich umarme Dich,

Deine Freundin Ziska

Mimi liest den Brief gleich noch ein zweites Mal.

Amerika. Es ist, wie wenn Änne erzählt, was sie in den Büchern aus der Bücherei gelesen hat. Amerika. Mimi ist bis jetzt nicht über Dortmund und Bochum hinausgekommen. Und nicht einmal hier kennt sie alle Ecken.

Nellas Asthma wird wieder schlimmer, je länger sie von der Kur zurück ist. Je länger sie wieder die Luft im Ruhrgebiet atmen muss, die rußige, staubige, schweflige Luft.

Aber Mimi weiß, dass Nellas Sehnsucht nach Ignaz und ihr Heimweh nach Polen verheerender sind als jede noch so schmutzige Luft.

»Ich hab sie nicht retten können.« Doktor Breuer sitzt bei Mimi und Heinrich in der Küche. Knetet die Hände. »Hab es mir doch so sehr gewünscht.«

»Sie haben getan, was Sie konnten, da bin ich sicher«, sagt Mimi. »Und die Kur hat Nella ja auch noch einmal Besserung gebracht.«

»Nella muss nicht mehr leiden. Sie muss endlich nicht mehr um den Mann trauern, der im Krieg geblieben ist. Aber was wird jetzt bloß aus den Kindern?«

Doktor Breuer seufzt. »Wenn ich mir vorstelle, dass man sie vielleicht auf Heime verteilt ...«

Ja, was wird jetzt aus Nellas Kindern?

Darüber grübelt auch Mimi nach. Wenn sie wenigstens Plascha und Felix, die beiden Jüngsten, in ihre Familie aufnehmen könnte. Aber sie kommt ja jetzt schon an ihre Grenzen. Hat kaum genügend Kraft.

Trotzdem, sie wird es ihnen vorschlagen. Vielleicht kann sie den beiden wenigstens eine Zeit lang ein Zuhause geben. Vielleicht ...

Wenn Hanna doch hier wäre! Aber sie will ihren Thomas nicht allein lassen. Und der traut sich auch nach den vielen Operationen nicht mehr unter Menschen, weil sein Gesicht entstellt ist, hat Hanna geschrieben.

Mimi fühlt sich verloren zwischen den vielen Landsleuten Nellas, die zum Begräbnis gekommen sind. Doch es beeindruckt sie auch, wie behutsam und würdevoll die Männer vom Polenverein den Sarg tragen. Ihm die weißen Stoffhandschuhe als letzten Gruß mit in die Grube werfen.

Einige der Männer und Frauen sind schon bei Mimi im Laden gewesen. Die Gesichter kennt sie. Nur die Namen weiß sie nicht.

Beim Kaffeetrinken lernt Mimi Nellas Nachbarn kennen. Rosa Strelcyk und ihre Tochter Pina. Die Wischnewskis. Den Wawciniak und seine Lene. Dem Wawciniak muss sie von Konrad erzählen. Von Ziskas Briefen aus Amerika.

»Hab ja gehofft, Konrad käme zurück, und wir könnten wieder in einer Kameradschaft arbeiten. War mir wie ein jüngerer Bruder, der Konrad. Jetzt sitzt er in Amerika fest, und ich kann sowieso nicht mehr nach unter Tage. Das Alter und, na ja, der Steinstaub …« Wawciniak hustet und ringt nach Luft. »Aber dass Nella vor mir …« Er schüttelt traurig den Kopf. »War doch noch viel zu jung zum Sterben.«

»Jetzt muss sie nicht mehr um Papa weinen«, sagt Franja, die Wawciniaks letzte Worte gehört hat. »Vielleicht findet sie ihn ja wieder, da, wo sie jetzt ist.«

Franja, Nellas Älteste. Auch sie sieht der Mutter ähnlich, genau wie Plascha. Der kastanienbraune Zopf, die freundlichen dunklen Augen. Nur ist von dem Kindlichen, Leichten, das Plascha trotz allem Kummer noch hat, bei Franja nichts zu finden.

»Und Nella muss kein Heimweh mehr haben nach den Feldern und Wäldern ihrer Kindheit. Hat sich doch immer nach Polen gesehnt«, sagt der Wawciniak zu Franja. »War doch hier nie ganz zu Hause.«

»An gebrochenem Herzen ist sie gestorben.« Rosa Strelcyk wischt sich über die Augen. »Aber ihr habt schon recht. Für sie hat das Leid jetzt ein Ende.«

Als Mimi sich verabschiedet, findet sie Gelegenheit, ein paar Worte allein mit Franja zu reden. »Wenn Plascha und Felix es wollen, können sie für eine Weile zu uns kommen. Ich würde sie auch selbst fragen, wollte aber zuerst …«

»Danke«, unterbricht Franja, und dann sagt sie sehr entschieden: »Das ist sehr freundlich von Ihnen, Frau Heyn. Aber ich will alles dafür tun, dass wir fünf Geschwister zusammenbleiben. Das hab ich unserer Mutter versprochen. Und mein Bolesch und ich, wir werden es schon schaffen.«

Ein paar Wochen später trifft Mimi Franja bei Kolpes.

»Wir haben jetzt einen amtlichen Vormund, der soll kontrollieren, ob wir tatsächlich allein zurechtkommen. Ich werd dafür sorgen, dass er nichts zu beanstanden hat«, sagt Franja zuversichtlich. »Wir fünf lassen uns nicht auseinanderreißen.«

Wie stolz könnte Nella auf ihre Kinder sein!

1929

Die Tage werden zu Wochen, Monaten, Jahren. Verrinnen wie der Sand in dem Stundenglas, das Fräulein Hoffmann auf der Fensterbank stehen hat.

Für Mimi unterscheidet sich ein Jahr kaum vom anderen. Eins ums nächste geht vorbei als endlose Aneinanderreihung von Nähten, Rocksäumen, Knopflöchern, Reißverschlüssen. Von Stunden voller Arbeit im Laden, in der Küche, im Garten. Mal blüht der Flieder früher, mal später. Mal gibt es im Winter mehr und mal weniger Schnee und mehr oder weniger Regen im Sommer.

Aber sonst?

Mimi hat sich damit abgefunden, dass Ziska und Konrad nicht zurückkehren werden. Dass die dauernde Erschöpfung zu ihrem Leben gehört. Dass auf jeden hellen Augenblick dunkle Tage folgen.

Sie sieht die Verwandten an den Geburtstagen und zu Weihnachten, darüber hinaus höchst selten.

Es kommt ihr vor, als sei die Zeit seit Ziskas und Konrads Abreise nur so an ihr vorbeigerauscht.

Wie die große Politik. Wie das Weltgeschehen, von dem Heinrich ihr erzählt, seit es ihm bessergeht und er jeden Tag die Zeitung liest.

Doch jetzt ist es mit einem Mal, als ginge ein Ruck durch Mimis Leben.

Änne fängt als Helferin im Krankenhaus an. Rotkreuzschwester will sie werden. Aber für die Ausbildung ist sie erst in einem Jahr alt genug.

»Weißt du noch, Mutter, wie ich als Kind mit meinen Puppen Krankenhaus gespielt habe? Immer wieder?«

»Als ob ich das vergessen könnte.« Mimi lächelt. Sie hat die kleine Änne noch deutlich vor Augen.

»Ich hab bei dir in der Küche viel gelernt über die Nöte der Menschen.«

»Bei mir in der Küche?«

»Ja, wenn ich unterm Tisch saß und deine Kundinnen dir ihr Herz ausgeschüttet haben.«

»Du hast das alles mitbekommen?«

»Verstanden hab ich vieles erst später. Es war eine gute Schule für mich.«

Willi beginnt eine Lehre bei Gärtner Petschko.

»Ich kann Ihrem Jungen kaum noch was beibringen«, gesteht der Gärtner Mimi. »Manchmal denk ich sogar, dass er mehr über Pflanzen weiß als ich. Aber er ist mir eine große Hilfe. Im Sommer will ich mit ihm auf die Große Ruhrländische Gartenbauausstellung in Essen. Hoffentlich gibt es da wenigstens Neues für ihn.«

Und Elisabeth?

Sie singt zum ersten Mal allein in der Kirche bei einer Mai-Andacht. Elisabeth mit ihrer klaren, hellen Mädchenstimme. *Maria, breit den Mantel aus*, klingt es von der Orgelbühne. Mimi lauscht mit geschlossenen Augen. Ihr Kind. Ihre Kleine.

Kein Räuspern. Kein Husten.

Auch die anderen Kirchgänger horchen gebannt. Drehen sich höchstens um und recken die Hälse, um einen Blick auf die junge Sängerin zu werfen.

Dein Mantel ist sehr weit und breit, beginnt die zweite Strophe. Und Mimi muss an die vielen Mäntel denken, die sie im Lauf der Jahre genäht hat. Wen die wohl inzwischen wärmen? Wie oft hat der eine oder andere Mantel schon den Besitzer gewechselt? Und wie mag es all den Leuten gehen in dieser turbulenten Zeit?

Patronin voller Güte, uns allezeit behüte. Noch lange, nachdem Elisabeth mit ihrem Lied zu Ende ist, klingen die Worte und Töne in Mimi nach.

In der Bankreihe hinter ihr flüstert jemand: »Das Mädchen hat gesungen wie ein Engel.«

Unsere drei, denkt Mimi. Die Große, die am meisten von der Krankheit des Vaters mitbekommen hat. Die so früh schon lernen musste zu trösten.

Willi und Elisabeth, die wieder Farbe in unser Leben bringen. Was für ein Glück. Was für ein Jahr …

Eduard schenkt seiner Pina ein Kanarienvogelpärchen zum Geburtstag. »Hör doch nur, Mimi«, sagt die Mutter, »wie sie singen. Dabei sind sie so klein, diese Vögelchen.«

Mimi ist erleichtert, dass die Mutter trotz ihrer Erblindung weder verbittert noch unglücklich geworden ist.

Die Halbgeschwister, mit denen Mimi ja bis auf Meta kaum Umgang hatte, sind inzwischen alle aus dem Haus. Eduard hat der Mutter nach und nach immer mehr Arbeit abgenommen. Nie hätte Mimi gedacht, dass er sich einmal so um seine Pina kümmern würde. Es muss wohl doch Liebe sein.

Meta arbeitet als Verkäuferin im Warenhaus Althoff am Westenhellweg in Dortmund. Arbeitet in der Abteilung für Stoffe und Kurzwaren. Sie ist inzwischen fast dreißig und endlich bereit zu heiraten. Ihren Verehrer, wie sie ihn nennt, hat sie jahrelang hingehalten.

Das Brautkleid ist längst fertig.

»Das schönste Stück, das ich je genäht habe«, behauptet Mimi. »Warum lässt du Otto so lange warten?«, fragt sie Meta.

»Weil ich eigentlich gar nicht heiraten will.«

»Nein?«

»Nein.«

»Dann auch keine Kinder?«

»Auch keine Kinder. Nicht, weil ich Kinder nicht mag. Das weißt du. Aber wenn ich Mutter sehe und dich und wie das immer so weitergeht von einer Generation zur nächsten …«

Mimi schluckt. Sie hat schon verstanden.

Aber darüber nachdenken will sie nicht.

Ewald und Adi vergrößern die Gaststätte, die immer noch *Zur Deutschen Flotte* heißt. Richten sie neu ein, nachdem sie Mimi um Rat gefragt haben.

»Die Leute müssen sich wohlfühlen.« Mimi geht mit den Brüdern bequeme Stühle und schöne Tische kaufen.

»Wer von euch ist denn nun der Chef?«, fragt sie aus Spaß.

»Wer weiß das schon. Wir sind ja längst wie ein altes Ehepaar«, sagt Adi mit dem frechen Grinsen, das Mimi an früher erinnert.

Adi hat sich inzwischen viel mit Frankreich beschäftigt. Das Land, in dem er und seine Brüder im Krieg waren, lässt ihn nicht los. Er kauft französische Kochbücher. Probiert mit Ewald Rezepte aus.

Mimi und Heinrich werden zusammen mit den Kindern und mit Else und Friedrich zum Coq au Vin eingeladen.

»Hahn in Wein«, erklärt Adi. »Aber keine Angst, ihr werdet davon nicht betrunken. Der Wein ist verkocht.«

»Schmeckt wunderbar.« Mimi nickt anerkennend und lässt sich von Ewald noch einmal nachgeben.

Auch Heinrich langt ordentlich zu. Zwischendurch sagt er ça va und bonjour und merci.

Mimi neckt ihn, ob er denn auch noch krähen könne wie ein Hahn? So wie früher, als Änne klein war.

»Inzwischen vielleicht sogar auf französisch?«, meint Ewald.
Und da kräht Heinrich so laut, das erste Mal nach dem Krieg, dass alle zusammenschrecken, bevor sie anfangen zu lachen.
Elisabeth und Willi machen große Augen.

Es spricht sich herum, dass jetzt in der *Flotte* französisch gekocht wird. Damit sind die Brüder so erfolgreich, dass vor allem an Sonntagen selten ein Platz in ihrem Gasthaus frei bleibt. Else und Friedrich, die sich eigentlich zurückziehen wollten, sind als Aushilfen gefragt und sagen nicht Nein.
»Das bekommt euch gut«, stellt Mimi fest.
»Es tut uns auch gut«, sagt Else. »Es gibt uns Leben zurück.«

Was für ein Jahr …
Fräulein Hoffmann wird fünfundachtzig. Sie malt sich das Leben immer noch bunt.
Werne wird zu Bochum eingemeindet. »Dann sind wir jetzt also Bochumer.« Willi grinst. »Und ich kann leider nicht mehr behaupten, dass wir alle Werner heißen.«
Willi fährt mit Gärtner Petschko zum Entscheidungsspiel um die Westdeutsche Fußballmeisterschaft in Essen. Der FC Schalke 04 gewinnt gegen den Meidericher Spielverein mit 2:1 und wird Westmeister.
Heinrich Gustav, die Zeche, auf der Konrad, der Wawciniak, Heinrich und viele von Mimis Kunden gearbeitet haben, gibt es unter diesem Namen nicht mehr. Sie ist zusammen mit *Amalia*, *Caroline* und *Prinz von Preußen* zur Großschachtanlage *Robert Müse*r verschmolzen.
Was für ein Jahr …

Und im Herbst berichten die Zeitungen dann vom Schwarzen Freitag. Weltwirtschaftskrise. Mimi ist wie betäubt. Sie hat doch schon eine schreckliche deutsche Wirtschaftskrise mitgemacht. Die fing während des Krieges schon an und wurde von Jahr zu Jahr schlimmer. Mimi hat die Lebensmittelpreise vom Winter 1923 noch gut in Erinnerung. Soll es wieder soweit kommen?

Anfang Dezember kommt Weihnachtspost von Ziska.

Liebe Mimi,

wie sehr hatte ich insgeheim doch noch auf eine Rückkehr gehofft. Hatte mir vorgestellt, Konrad und ich wären Weihnachten endlich wieder zu Hause. Aber es soll nicht sein. Der Black Thursday hat alles kaputtgemacht. Thursday heißt Donnerstag. Und Ihr in Deutschland sprecht vom Schwarzen Freitag, sagt Konrad. Weil die Nachricht vom Börsenkrach wohl erst am nächsten Tag bei Euch angekommen ist. Aber ob Donnerstag oder Freitag: Unsere Ersparnisse sind hin. Und es heißt ja, daß die Wirtschaftskrise diesmal Folgen für die ganze Welt haben soll. Wer weiß, ob Konrad zu Hause überhaupt wieder Arbeit fände. Jetzt, wo es bei Euch an der Ruhr immer mehr Arbeitslose gibt durch die vielen Bergwerksstillegungen. Und vielleicht steht Konrad noch immer auf den Schwarzen Listen der Schlotbarone. Hier haben wir wenigstens beide Arbeit. Er auf der Zeche, ich in der Kleiderfabrik.

Ach Mimi, wenn wir doch zusammen unseren Traum vom Modesalon wahrmachen könnten! Wir würden uns »Mundraub« zuflüstern und lachen. Aber das kommt alles noch, wir dürfen nur nicht aufhören, daran zu glauben.

Ich wünsche Dir und der ganzen Familie frohe, gesegnete Weihnachten, bin in Gedanken bei Euch und hoffe weiter auf ein Wiedersehen. Ich hab solches Heimweh. Du fehlst mir am meisten.

Deine Ziska

Mimi nimmt das Foto in die Hand, das die Freundin mitgeschickt hat.

»Du fehlst mir auch, Ziska«, murmelt sie. »Sehr sogar.«

Und die wichtigsten Sätze aus dem Brief, die wiederholt Mimi für sich im Stillen: Aber das kommt alles noch, wir dürfen nur nicht aufhören daran zu glauben.

1930–1933

Im Lauf der Zeit gibt es neue Medikamente für Heinrich, die besser wirken. Die Anfälle treten tatsächlich nur noch selten auf. Bleiben schließlich ganz aus.

»Hab ich's doch gewusst. Man braucht eben Geduld.« Doktor Breuer strahlt übers ganze Gesicht, als er wieder einmal einen Besuch bei Heinrich macht, wie er es sich nach dem Zwischenfall in der Sperrstunde während der französisch-belgischen Besatzung angewöhnt hat.

Heinrich ist nicht mehr müde und stumpf. Geht nicht mehr so gebückt. Knöpft Hemden und Jacken ordentlich zu. Schneidet sich nur noch selten beim Rasieren. Schritt für Schritt findet Heinrich ins Leben zurück.

Eine Stelle als Schmied bekommt er nach den vielen Jahren nicht mehr. Aber er nimmt Gelegenheitsarbeiten an, so oft man ihn fragt.

»Was kann ich dir denn helfen?«, fragt er Mimi.

»Weiß nicht«, sagt sie verblüfft. Sie ist doch gewohnt, die Dinge selbst in die Hand zu nehmen.

Aber Heinrich sieht schon, wo sie seine Hilfe gebrauchen kann. Er holt jetzt die Kohlen aus dem Keller, noch bevor Mimi merkt, dass in der Wohnung oder im Laden Nachschub fehlt. Er hackt Holz, bevor der Vorrat an kleinen Klötzen aufgebraucht ist. Er streicht die Küchenwände. Er baut auch von sich aus eine Laube mit Tisch und Bänken in den Garten auf dem Feld. Und einen stabileren Hühnerstall. »Ich hab allerhand gutzumachen«, murmelt er, als Mimi sich bedanken will. Kurz sieht er sie an, bevor er den Blick wieder abwendet.

Mimi denkt daran, wie sehr sie unter seinem Schweigen gelitten hat. Wenn er doch geredet hätte, damals. Wieviel leichter hätte es für sie sein können. Sie will jetzt gar nicht mehr wissen, was er über seine Unfälle und die Folgen gewusst, was genau er ihr verschwiegen hat. Sie bereut ja nicht, dass sie bei ihm geblieben ist. Auch wenn sie nur wie gute Kameraden zusammenleben.

Mit Wehmut erinnert sie sich an die ersten Jahre ihrer Ehe. Ihr Körper hat nicht vergessen. Es wäre so leicht, nachts die Hand nach Heinrich auszustrecken, näher zu rücken zu ihm. Doch es ist etwas in seinem Blick, das sie daran hindert. Eine Art Bitte um Nachsicht. Einmal sagt er: »Es sind wohl die Medikamente. Die … die haben in mir was kaputtgemacht.« Und fügt stockend hinzu, dass er in der ersten Zeit seiner Krankheit manchmal nachts neben Mimis Bett gestanden und sie angeschaut habe. So schön und ohne Kummer im Schlaf. Und dass er dieses Nachtbild von ihr mitgenommen habe in seine trostlosen Tage.

Wie erschrocken Mimi damals war. Wenn sie doch nur geahnt hätte, wie viel es ihm bedeutet hat, sie zu beobachten im Schlaf. Wenn sie nur … Wie viel leichter hätte sie ihn lieben und achten können. Wie viel weniger hätte sie sich im Stich gelassen gefühlt.

Obwohl sie einiges erfahren und manches vermutet hat: Kann sie denn ermessen, wie sehr Heinrich gelitten hat all die Jahre, im Krieg und danach, verkrochen in sein Innerstes? Vielleicht hat er sie, Mimi, nie aus seinen Gedanken und Gefühlen ausschließen wollen. Vielleicht war er zu sehr eingesperrt in Angst und Sprachlosigkeit.

Im Äußeren ähnelt Heinrich seinem Vater immer mehr. Wird auch bald einen weißen Haarkranz haben. Das leuchtende Blau seiner Augen ist schon jetzt ein wenig verblasst. Doch blitzt manchmal wieder Fröhlichkeit darin auf, die Mimi so lange vermisst hat. Und Zärtlichkeit. Ja, die auch.

An Sommerabenden, wenn die Küche aufgeräumt und der Laden geputzt ist, sitzen Mimi und Heinrich jetzt oft in der Laube. Sitzen da und schweigen zumeist.

Ein Schweigen ohne verborgene Fragen.

Nein, Worte sind nicht nötig. Mimi überkommt ein Gefühl der Ruhe und Zufriedenheit.

Wünsch dir was?

Dass es so bleibt. Nur, dass es so bleibt.

Sie hören der Amsel zu, die im Fliederbusch singt. Und manchmal sitzen sie so lange, bis im Dunst hinter *Robert Müser* die Sonne untergeht. Bis Elisabeth nach den Eltern schaut, sich noch für eine Weile zu ihnen setzt und *Stehn zwei Stern' am hohen Himmel* singt. *Leuchten so hell, leuchten so hell …*

Jetzt kommt sogar Heinrichs Laubsäge wieder zum Einsatz. Die Lichterbögen und die Tiere, die er aussägt, bietet Mimi im Laden an. Jedes Mal, wenn ein Lichterbogen gekauft wird, erklärt sie dem Kunden: »Beim Auspusten der Kerzen kann man sich was wünschen. Nur verraten darf man es nicht.« Auch wenn die Wünsche sich vielleicht nie erfüllen, denkt sie. Und dass es mehr auf die Wünsche ankommt als darauf, dass sie in Erfüllung gehen. Denn dass man Wünsche und Träume zum Leben braucht, daran hält Mimi beharrlich fest.

Sie ist noch immer erleichtert, dass Willi Gärtner geworden ist und nicht Bergmann wie fast alle seine Klassenkameraden. »Der Junge wird eines Tages neue Pflanzenarten züchten, das seh ich schon«, prophezeit Gärtner Petschko. »Er verblüfft mich jeden Tag aufs Neue. Ich kann nur staunen, wie er den Betrieb voranbringt.«

Auch Mimi kann kaum glauben, was Willi mit der Zeit aus ihren eigenen Gärten gemacht hat, dem kleinen hinterm

Haus und dem großen auf dem Feld. Der ist jetzt so schön, dass Vorübergehende stehen bleiben und sich nicht sattsehen können. Vom Frühjahr bis in den November blüht es in Willis Beeten. So bunt und leuchtend wie nirgendwo sonst in der Gegend. An der Laube ranken sich dicht an dicht Rosenblüten.

Nein, um ihre Kinder muss Mimi keine Sorge haben.

Nicht um Willi und nicht um die Mädchen.

Manchmal denkt Mimi an die Worte von Fräulein Hoffmann. Dass die Kinder keinen Schutzraum mehr brauchen, wenn sie erst älter sind.

Änne steht kurz vor dem Examen als Krankenschwester. Seit sie Schwesternschülerin ist, schläft sie im Wohnheim. Ab und zu verbringt sie einen Tag zu Hause. Sie kommt Mimi jetzt schmaler vor und gleichzeitig größer, als sei sie nachträglich noch gewachsen.

»Ist die Arbeit nicht zu anstrengend?«, fragt Mimi.

Änne schüttelt den Kopf. »Ich tu sie ja gerne. Und du glaubst nicht, wie dankbar die meisten Patienten sind. Am liebsten arbeite ich im Nachtdienst. Da hab ich mehr Zeit für die Kranken. Zeit für ihre Sorgen. Die sind nachts am schlimmsten. Die Ängste vor Untersuchungsergebnissen. Vor Operationen. Sorgen, die sich Mütter um ihre Familien machen.«

Ja, die Nächte.

Die Sorgen um die Familie, die sich umso lauter zu Wort melden, je stiller es wird in der Nacht.

Wie gut Mimi das kennt.

»Und darüber redet ihr dann?«, fragt sie.

»So wie du früher in der Küche. An der Nähmaschine mit deinen Kundinnen.«

»Als du unterm Tisch hocktest mit deinen Puppen? Oder so getan hast, als würdest du lesen?«

Änne lacht. »Ja«, sagt sie. »Ja.« Und fügt schnell hinzu: »Das ist so viel mehr als Temperatur messen und Puls zählen, als Medizin austeilen, Spritzen geben, den Ärzten bei Untersuchungen zur Hand gehen. Diese Nähe zu den Menschen. Das ist genau das, was ich mir gewünscht habe.«

Ob sie das auch ein bisschen von Doktor Breuer abgeguckt hat, fragt sich Mimi.

Die Begeisterung in Ännes Gesicht! Die gleiche Begeisterung, mit der Heinrich einmal vom Feuer gesprochen hat, von der glühenden Kohle und vom Funkenregen.

»Ich hab ja gedacht, du würdest in einer Bücherei oder in einem Buchladen arbeiten wollen, wo du doch so gerne liest.«

»Lesen kann ich, wenn ich frei habe. Und im Nachtdienst komme ich sogar auch dazu. Zwischen zwei und vier Uhr früh ist es meistens ruhig. Ich habe immer ein Buch dabei.«

Mimi stellt sich vor, wie Änne im Schein der Nachtlampe im Schwesternzimmer am Schreibtisch sitzt, über ein Buch gebeugt. Ihr ernstes, kluges Gesicht, das schimmernde blonde Haar …

»Ja, ich arbeite gerne nachts«, sagt Änne noch einmal. »Ich mag die Stille. Und ich mag es, wenn der Morgen langsam kommt und die Vögel anfangen zu singen. Dann singt es auch in mir. Und wenn ich nach dem Dienst zum Wohnheim gehe, ist der Tag noch ganz jung und frisch.« Sie macht eine Pause. »Verstehst du das, Mutter?«

Mimi nickt. Wie es in einem singt oder lacht oder weint, das kennt sie. Das kennt sie gut.

Eines Tages kommt ein älterer Mann zu Mimi in den Laden. Schlicht gekleidet. Aber in einem gut sitzenden Anzug aus feinem Wollstoff. In der Hand eine lederne Aktentasche. Er sieht Mimi fragend an.

Hat er vergessen, was er kaufen wollte?

»Kann ich Ihnen helfen?«, fragt Mimi.

Der Alte nickt. »Ich bin Andreas Sperling und suche die Mutter von Schwester Anna.«

»Das bin ich.«

»Oh.«

»Sind Sie enttäuscht?«, fragt Mimi.

»Nein, nein, ich hab nur gedacht, dass Sie sich vielleicht ähnlich sehen. Wie dumm von mir.«

»Schwester Anna kommt im Aussehen ganz nach ihrem Vater.« Und dass sie auch genauso treu und geduldig ist wie Heinrich, denkt Mimi, und so gut im Zuhören.

Der Mann kramt in seiner Aktentasche. »Ich möchte etwas für Ihre Tochter abgeben. Von meiner Frau.« Er legt ein Päckchen auf die Ladentheke. Räuspert sich. »Von meiner verstorbenen Frau. Schwester Anna war immer so gut zu ihr. ›Sie ist ein Engel‹, hat meine Frau gesagt.« Er wendet sich ab. Geht schnell zur Tür. Als er schon die Klinke in der Hand hat, sagt er, ohne sich noch einmal umzudrehen: »Bitte bestellen Sie Ihrer Tochter Grüße. Auch von mir. Meine Frau hat sich ausdrücklich gewünscht, dass Schwester Anna dieses Andenken bekommt. Es liegt auch eine Karte dabei.«

Schon ist er fort.

Engel, denkt Mimi. Elisabeth singt wie ein Engel. Änne ist Engel der Kranken. Und Willi wacht über die Gärten wie ein Cherubim über den Garten Eden.

Als Änne das nächste Mal heimkommt, gibt Mimi ihr das Päckchen, das Andreas Sperling gebracht hat.

Änne überfliegt zuerst die Karte, dann liest sie der Mutter vor. Ihre Stimme ist dabei nicht so fest wie sonst.

Liebe Schwester Anna,

wenn Sie diese Zeilen lesen, werde ich tot sein. Ich habe keine Angst vor dem Sterben. Es tut mir nur weh, daß mein lieber Mann dann allein sein wird. Aber mit dem Krebs und den

Schmerzen möchte ich nicht länger leben. Ohne Sie wäre es kaum auszuhalten. Ich warte schon immer auf den Abend, wenn Ihre Nachtwache beginnt. Sobald Sie an mein Bett kommen, geht es mir besser. Danke, liebe Schwester Anna. Danke für die Zeit, die Sie mir schenken, für Ihre guten Worte, für Ihre Pflege voller Behutsamkeit und Umsicht.

Ihre Eltern müssen glückliche Menschen sein, weil sie eine Tochter haben, wie Sie es sind.

Bitte nehmen Sie die Brosche als Dank.

Mein Vater war Goldschmied und die Brosche sein Gesellenstück. Er hat sie mir zur Konfirmation geschenkt. Ich habe sie immer gern getragen. Das Rotgold wird gut zu Ihren Haaren passen. Die Blüten der Veilchen sind aus Amethyst, die Blätter aus Jade, und die kleinen Diamanten inmitten der Blüten … aber das sehen Sie ja selbst.

Möge das Schmuckstück Ihnen Glück bringen!

Von Herzen
und in großer Dankbarkeit
Ihre Katharina Sperling

»Sie muss dich sehr gern gehabt haben«, sagt Mimi, als Änne die Karte sinken lässt.

»Ich hatte sie auch sehr gern, alle beide«, sagt Änne. »Katharina Sperling war Ärztin. Sie hat selbst herausgefunden, dass sie Magenkrebs hatte. Sie wusste immer genau, wie es um sie stand, und hat die Augen nicht davor verschlossen.«

»Und ihr Mann?«

»Er hat sie jeden Tag besucht und wird sehr einsam sein ohne sie.«

Änne nimmt die Brosche aus dem Kästchen. »Wie schön«, sagt sie. »Wie wunderschön.«

Mimi steckt ihrer Großen die Brosche an. Liebevoll und zärtlich.

Fräulein Hoffmann ist zu Besuch bei Mimi.

»Willst du nicht weiter zur Schule gehen?«, fragt sie Elisabeth. »Du könntest vielleicht Gesang studieren?«

Elisabeth denkt einen Augenblick nach. »Ich glaub nicht, dass ich das möchte«, sagt sie dann langsam. »Ich hab gelesen, was man als Sängerin alles lernen und können muss. Ich singe sehr gerne, aber Aufnahmeprüfungen und möglichst ein Instrument spielen und Vorsingen und jeden Tag üben und üben und üben ... Nein, ich glaube, das würde mir den Spaß am Singen verderben. Noch dazu kostet es Geld, das wir nicht haben.«

»Wir würden schon Wege finden«, sagt Mimi.

Elisabeth guckt von der Mutter zu Fräulein Hoffmann. »Ihr braucht euch keine Gedanken über mich zu machen. Ich weiß schon, was ich werden will, wenn ich demnächst aus der Schule komme.« Ein Lächeln huscht über Elisabeths Gesicht. »In den Ferien hab ich ja im Pfarrkindergarten ausgeholfen. Mit den Kleinen spielen und singen, das ist genau das Richtige für mich.«

»Also Kindergärtnerin«, sagt Fräulein Hoffmann. »Ein schöner Beruf.«

»Im Kirchenchor werde ich auch singen. Und wenn ihr wollt, bringe ich euch zu jedem Geburtstag ein Ständchen.«

Heinrich richtet sein Fahrrad für Willi her. Fräulein Hoffmann holt ihr altes Rad für Änne aus dem Keller. Und Mimi kann auch noch ein gebrauchtes Fahrrad für Elisabeth organisieren. An freien Tagen machen die drei jetzt oft Radtouren, die Ruhr entlang und bis an den Rhein. Mal die Geschwister allein, mal zusammen mit Freundinnen und Freunden. Mimi gibt ihnen Butterbrote mit, hartgekochte Eier und Tee und manchmal Kartoffelsalat im Einweckglas.

»Du müsstest das alles auch sehen, Mutter«, sagt Willi. »Du glaubst nicht, wie blau der Himmel ist und wie klar das Wasser in den Bächen, ein Stück weg von unseren Bergwerken und Fabriken.«

»Erzählt mir lieber, was ihr gesehen habt«, sagt Mimi. »Dann kann ich es mir vorstellen, vielleicht noch schöner als in Wirklichkeit.«

Und während die drei abwechselnd erzählen, sieht Mimi sie vor sich, wie sie Straßen und Wege entlangradeln. Wie Änne aufmerksam um sich schaut. Wie sie Willi nach einem Wespenstich das Gift aus der Wunde saugt.

Mimi sieht, wie Willi seine Schwestern dann und wann aufmerksam macht auf einen blühenden Strauch, auf einen großen Kastanienbaum, der die Äste hoch in den Himmel reckt. »Was der wohl schon alles gesehen hat?«

Mimi hört, wie Elisabeth unterwegs die meiste Zeit vor sich hin singt.

Die Geschwister suchen sich ein schattiges Plätzchen am Waldrand, an einem Bach, unter den herabhängenden Zweigen einer Weide. Trinken abwechselnd Tee aus der Flasche. Löffeln abwechselnd Kartoffelsalat aus dem Einweckglas. Lassen die hart gekochten Eier aneinandertitschen wie früher zu Ostern, als sie klein waren, ihre drei.

Walderdbeeren haben sie für Mimi gepflückt. Den Geschmack hat sie noch lange auf der Zunge.

Ja, ihre drei.

Elisabeth, die Mimi immer ähnlicher sieht. Willi, der die gleichen dunklen Haare, die gleichen grünbraunen Augen hat wie Mimi und Elisabeth. Und Änne, mit Augen so blau wie Heinrichs Augen einmal gewesen sind, und mit Haaren, die in der Sonne schimmern wie helle Seide.

Ihre drei.

Noch liegen sie im Gras, bevor sie weiterradeln. Noch schauen sie in den Himmel, der hoch ist und weit.

Und für die Dauer eines Nachmittags, eines Abends, wenn die Kinder Mimi von ihren Ausflügen erzählen, sind alle dunklen Stunden ausgelöscht. Mimi sammelt die kostbaren Momente der Kinder. Damit sie bleiben. Damit sie bleiben, egal was kommt.

Wenn nur die politische Lage nicht so bedrückend wäre, seit der Hitler an der Macht ist. Die Straßenkämpfe zwischen kommunistischen und nationalsozialistischen Gruppen machen Mimi Angst. Erinnern sie an die Zeit nach dem Krieg, an die blutige Niederschlagung der Arbeiter- und Soldatenräte. Erinnern Mimi an Konrads Worte, dass die Kommunisten doch auch wollen, dass es den Leuten bessergeht.

Und was wollen die Nationalsozialisten?

Franz Kolpe, heißt es, sei schon ein hohes Tier in der Hitler-Partei geworden. Und Alfred, der Jüngste von Hannes Mäusers Söhnen, stolziert in seiner braunen Uniform in der Stadt herum und verkündet jedem, ob er es wissen will oder nicht, welche guten Zeiten jetzt anbrechen werden. Arbeit für alle, Deutschland den Deutschen. Mit den Juden müsse endlich aufgeräumt werden. »Die mit ihrer Weltverschwörung! Die, die uns Ende des Krieges in den Rücken gefallen sind, genau wie die verdammten Sozis und die Kommunisten. Dabei war unser Heer doch gar nicht besiegt.«

»So ein Unsinn«, knurrt Heinrich.

Doch er knurrt nur bei Mimi und den Kindern. Dabei würde er dem Rotzlöffel Mäuser gerne die Meinung sagen. Aber das hat schon der Hermann Strobel getan. Und am nächsten Tag ist er von Gestapo-Leuten abgeholt worden. In Polizeigewahrsam genommen im Präsidium in der Uhlandstraße, hieß es. Und als Hermann nach einigen Tagen wieder nach Hause kam, hat er kein Wort über das verloren, was er erlitten hat. Aber dass ihm Zähne fehlen, kann man sehen. Und auch, dass er seitdem hinkt.

Mimi muss an Jakob Hirsch denken und an Doktor Stern, Ännes Stationsarzt, und ihr ist, als zöge sich ihr das Herz zusammen.

Heinrich sitzt immer öfter am Volksempfänger, den Mimi ihm zu Weihnachten geschenkt hat, und hört mit gerunzelter Stirn die Nachrichten.

»Dreh leiser«, bittet Mimi ihn, sobald der Führer zu hören ist. Denn so sehr manche von Mimis Kunden auch darauf hoffen, dass durch Hitler alles besser wird, Mimi traut dieser Hoffnung nicht. Sie muss nur an das denken, was Änne erzählt. Von Patienten, die sich weigern, von ihrem jüdischen Stationsarzt behandelt zu werden. »Es gibt sogar welche, die sich nicht schämen, Doktor Stern zu beschimpfen«, sagt Änne mit Tränen in der Stimme. »Dabei ist er ein guter Arzt und ein freundlicher Mann.«

»Und du, als du das gehört hast?«, fragt Mimi. »Was hast du gemacht?«

»Hab mich so aufgeregt. Hab gesagt, wie schrecklich und falsch ich das finde. Diese Leute waren dann wütend auf mich, das kannst du dir denken. Ich solle das Maul halten und lieber Pisspötte leeren. So und ähnlich haben sie geredet. Und Doktor Stern beschwört mich, dass ich es in Zukunft bleiben lasse, solchen Leuten ins Gewissen zu reden. Ihm würde es doch nichts helfen. Er sei längst daran gewöhnt, dass man den Juden alles Schlechte in die Schuhe schiebe. Den verlorenen Krieg. Die Inflation. Und mich brächte mein Widerspruch nur in Gefahr.«

Änne lehnt sich an Mimi. Und Mimi möchte Schschsch sagen und ihrer Tochter über die Haare streichen. Möchte. Möchte so gerne …

Die dunklen Zeiten sind nicht vorbei. Mimi ahnt es schon lange. Und sie kann die Augen nicht davor verschließen. Nein, das geht einfach nicht.

Der Pfarrer lädt Mimi zu einem Gespräch ins Pfarrhaus ein. Ist sie ihm vielleicht nicht katholisch genug? Weil sie und Heinrich nicht regelmäßig den Sonntagsgottesdienst besuchen? Oder spürt er, dass Mimi manchmal an ihrem Glauben zweifelt?

Sie hat sich unnötig Gedanken gemacht.

Es geht nicht um sie.

»Es geht um Elisabeth. Ich wollte zuerst mit Ihnen darüber sprechen«, sagt der Pfarrer. »Elisabeth kommt ja schon länger zu den Heimabenden der Frohschar.«

»Die Mädchengruppe, in der so viel gesungen wird«, wirft Mimi ein. »Elisabeth erzählt immer wieder, dass es ihr große Freude macht.«

»Ohne Freude kann das Menschenherz nicht sein«, sagt der Pfarrer.

»Ein schöner Satz. Und wahr ist er auch.«

»Aber nicht von mir.« Der Pfarrer lächelt. »Adolf Kolping hat das gesagt. Ihm verdanken wir viele schöne Sätze. Und viele sinnvolle Einrichtungen.«

»Sie wollten mit mir über Elisabeth sprechen«, erinnert ihn Mimi.

»Ja, wir hätten sie gerne als Gruppenführerin für die jüngeren Mädchen unserer Pfarrei. Und ich weiß nicht …«

»Da müssen Sie unsere Tochter fragen.«

»Ich weiß eben nicht, ob sie das Ausmaß einer solchen Entscheidung ermessen kann. Die Nationalsozialisten haben vor drei Jahren den Bund Deutscher Mädel gegründet. Es wird gemunkelt, dass die Mitgliedschaft für jedes deutsche Mädchen Pflicht werden soll. Kirchliche Jugendgruppen sind den Nazis ein Dorn im Auge. Wenn Elisabeth bei uns Gruppenführerin wird, könnte sie Schwierigkeiten bekommen. Könnte es für sie Schikane bedeuten.«

Mimi holt tief Luft.

»Fragen Sie sie trotzdem.«

»Elisabeth wird sicher Ja sagen. Sie singt doch so gern. Schon jetzt bringt sie den Jüngeren ihre Lieblingslieder bei. Und sie ist so unerschütterlich in ihrem Glauben.«

»Unerschütterlich im Glauben«, sagt Mimi leise. »Das wäre ich auch gern.«

Der Pfarrer beißt sich auf die Unterlippe. »Nicht nur Sie.«

Verwirrt sieht Mimi ihn an. »Sie kennen Zweifel? Sie, ein Mann Gottes?«

»Und ob ich Zweifel kenne«, sagt er müde. »Und ob.«

Kauft nicht bei Juden, steht in fetten, hässlichen Buchstaben an die Schaukastenscheibe von Jakob Hirschs Laden gepinselt.

Eine bodenlose Gemeinheit! So ein feiner Mann, der Jakob Hirsch. Wie viel verdankt Mimi ihm. Und er hat noch immer die schönsten Stoffe in der ganzen Stadt. Wie gern kauft sie bei ihm ein.

Das soll sie nicht mehr?

Jetzt erst recht! Mimi ist aufgeregt, als sie den Laden betritt. Über Rechnungsbücher gebeugt wie gewöhnlich, sieht sie Hirsch an seinem Stehpult. Heute blickt er nicht auf.

Immer wieder schaut sie zu ihm hin, während sie so tut, als würde sie Stoff aussuchen. Sie wagt aber nicht, Jakob Hirsch anzusprechen.

Er scheint Mimis Blicke zu spüren, denn er kommt schließlich zu ihr und schlägt ihr vor, sich einen Wollstoff im Lager anzuschauen. »Etwas Besonderes«, sagt er. »Ich hab nur noch nicht geschafft, ihn auszupacken.«

Mimi begreift, dass der Stoff nur ein Vorwand ist. »Wie soll das bloß weitergehen«, fragt sie angstvoll, sobald niemand außer Hirsch sie hören kann.

»Wir haben Verwandte in Südamerika«, sagt er leise. »Sie drängen darauf, dass wir zu ihnen auswandern. Aber hier ist doch unser Zuhause seit Generationen. Mein Urgroßvater hat in diesem Laden schon Stoffe verkauft.« Hirschs Stimme wird immer kleiner.

»Sie sollten auf die Verwandten hören«, flüstert Mimi. »Die Nazis, ich weiß nicht, ich hab das Gefühl, es werden jeden Tag mehr. Und jeden Tag werden sie schlimmer …«

»Das bleibt nicht so.« Jakob Hirsch sagt es wie zu sich selbst. »Ich kann einfach nicht glauben, dass es in Deutschland so bleiben kann. Danke, dass Sie mir die Treue halten!«

Mimi steckt ihm ein Tabakpäckchen zu. »Bitte, nehmen Sie. Das hatte ich noch. Aber ich hab noch mehr von Ihrer Lieblingssorte bestellt.«

Mit zwei Metern Wollstoff und bangen Gefühlen geht Mimi nach Hause.

Heinrich, Willi und Gärtner Petschko sitzen in der Küche. Haben schon auf Mimi gewartet. Ein Kübel mit einer großen Pflanze steht am Fenster. Und auf dem Tisch eine Flasche Wein. »Keine Sorge, Mutter«, sagt Willi mit Blick auf die Pflanze. »Der Duftjasmin kommt morgen in den Garten. Und heute haben wir erst einmal Grund zu feiern.«

»Feiern?« Mimi schaut von einem zum anderen.

»Es ist nämlich so«, beginnt Gärtner Petschko, und dann räuspert er sich erst einmal. »Wie Sie wissen, hab ich ja keine Kinder. Und deshalb … also, ich dachte, es wäre schön, wenn Willi die Gärtnerei übernimmt. Er ist mir wie ein Sohn. Nichts für ungut.« Er schaut Heinrich an. »Zwei Väter zu haben, ist vielleicht nicht das Schlechteste. Und was ich von Willi als Gärtner halte, ist kein Geheimnis.« Er grinst und entkorkt die Flasche. »Trinken wir also auf Petschkos Nachfolger.«

»Sie hören aber doch noch nicht auf?«, fragt Mimi.

»Nein. Nur sollte man beizeiten an die Zukunft denken. Ich werde Willi den Betrieb nächste Woche überschreiben. Wir haben schon einen Termin beim Notar.«

Als sie anstoßen und die Gläser klingen, sagt Heinrich: »Du machst uns so stolz, Junge.«

Mimi muss daran denken, wie sie auf ihre Verlobung angestoßen haben. Du machst mich so froh. Du machst mich so froh. Nein, Gott hat ihn ihr nicht genommen, ihren Heinrich. Er hat ihn ihr nicht ganz genommen …

»Ich freu mich so sehr für unseren Jungen«, sagt Mimi zu Petschko. »Es gab eine Zeit, da hatte ich Angst, ich hätte Willi die Freude am Gärtnern kaputtgemacht, weil ich nur Gemüse und Kartoffeln im Garten haben wollte.«

»Aber hör mal, er ist doch dein Sohn.« Heinrich grinst jetzt genau wie Petschko. »Glaubst du im Ernst, Mimi, dass Willi sich seine Träume kaputtmachen lässt?«

Hirschs Geschäft ist von einem Tag auf den anderen geschlossen. Den Schaukasten hat man mit Steinen eingeworfen. Aufgeregt läuft Mimi zu dem Haus, in dem die Hirschs wohnen. Sie läutet mehrmals. Niemand macht auf.

Ob die Familie doch geflohen ist?

Mimi sieht zu den Fenstern hoch. Hat sie sich die kurze Bewegung hinter einer Gardine nur eingebildet? Wenn sie wenigstens eine Nachricht für Jakob Hirsch hinterlassen könnte! Er soll doch wissen, dass sie den Tabak für ihn bereithält. Und dass sie ihm helfen möchte!

Abends räumt Mimi Ware im Laden ein. Schreckt auf von einem Pochen am Fenster zum Hof.

Sie greift nach dem Stocheisen und geht langsam auf das Fenster zu. Einen Moment lang hört sie nichts mehr, dann wiederholt sich ein leises Klopfen. Will jemand sie auf sich aufmerksam machen?

Es ist schon dämmrig. Aber Mimi erkennt ihn sofort, den Schatten da draußen. Sie öffnet das Fenster und flüstert: »Kommen Sie rein, die Hintertür ist offen.«

»Nein«, flüstert Jakob Hirsch zurück. »Das kann Sie Kopf und Kragen kosten!«

Da ist Mimi schon bei ihm im Hof und drängt ihn, ins Haus zu kommen.

Er trägt einen Ballen Stoff unterm Arm. »Für den Tabak«, sagt er. »Ich bringe noch mehr.«

»Das brauchen Sie nicht! Nehmen Sie den Stoff wieder mit. Bestimmt gibt es noch anständige Menschen, die ihn kaufen. Wenn ich mehr Geld hätte …«

»Ich kann nichts mehr verkaufen.«

Hirsch legt den Stoff auf den Tisch. »Bitte nehmen Sie ihn, mir wird man ihn doch nicht lassen. Es gibt einen Nazi bei uns im Ort, der hat es auf meinen Laden abgesehen. Will ihn mir angeblich ordnungsgemäß abkaufen. Ordnungsgemäß.« Hirsch schüttelt den Kopf. »Gedroht hat er mir, falls ich nicht einwillige.«

»Und wovon wollen Sie leben?«

»Wir gehen jetzt doch zu den Verwandten nach Südamerika. Das Geld für die Überfahrt und die Ausreisepapiere haben wir zusammen. Sobald wir die Schiffspassagen bewilligt bekommen, sind wir auf dem Weg dorthin.«

Mimi kann nichts dagegen tun, dass ihr die Tränen übers Gesicht laufen. Sie packt die Päckchen Tabak, die sie Jakob Hirsch hatte bringen wollen, schnell zusammen. »Wenn ich Nachschub kriege, bringe ich Ihnen den Tabak nach Hause. Wer weiß, wann Sie Ihre Sorte anderswo bekommen.«

»Nein, Mimi. Das ist viel zu gefährlich. Ich hätte gar nicht zu Ihnen ins Haus kommen dürfen. Aber ich wollte Ihnen wenigstens Adieu sagen, bevor wir verschwinden.«

»Alles Gute für Sie und … für Ihre Familie«, stammelt Mimi. »Es ist … es ist so ein großes Unrecht!«

»Es wird wieder anders in Deutschland. Daran glaube ich fest. Die Barbaren können nicht für immer die Oberhand behalten. Wir kommen zurück. Danke für den Tabak!«

Schon ist er fort. Und sie hat ihm nicht einmal gedankt für den Stoff, der viel mehr wert ist als der Tabak.

Mimi kann gar nicht aufhören zu weinen. Barbaren, ja, das sind sie, die Nationalsozialisten. Hoffentlich gelingt Jakob Hirsch mit seiner Familie die Flucht. Hoffentlich werden sie gut behandelt in Südamerika, die Hirschs. Südamerika, das ist noch viel weiter weg als Serbien, als Frankreich, als Russland, sogar weiter als West Virginia.

Wie lange braucht man wohl mit dem Schiff bis dorthin?

Zwei Tage später geht Heinrich zu Paul und Guste Lösskens, um Holz zu hacken. Als er mittags nach Hause kommt, lässt er sich schwer auf einen Stuhl fallen.

»Es war sicher zu viel für dich«, sagt Mimi.

Er schüttelt stumm den Kopf.

»Ist was mit Paul?«

»Die Hirschs sind weg.«

»Ja.« Mimi nickt. Stellt sich den großen Dampfer vor. Wünscht Familie Hirsch im Stillen eine ruhige Fahrt übers Meer und dass sie gesund ankommen bei den Verwandten. »Hoffentlich geht es gut mit der Flucht«, sagt sie leise.

»Ach Mimi!« Heinrich seufzt. »Das ist es ja eben. Sie sind nicht freiwillig weg. Man hat sie bei Nacht und Nebel abgeholt, sagt Guste. Ihre Schwester wohnt bei Hirschs gegenüber. Sie hat es mitbekommen. Jakob Hirsch wurde in das Automobil geprügelt. Und niemand weiß, wohin die Familie gebracht worden ist.«

Wie festgewachsen steht Mimi und starrt Heinrich an. Aber die Hirschs wollten doch gehen. Alles war vorbereitet. Sobald wir die Schiffpassagen bewilligt bekommen … Mimis Kopf dröhnt und das Zimmer dreht sich ihr vor den Augen.

Heinrich führt sie zum Sofa. Setzt sich neben sie. Legt ihr einen Arm um die Schulter und lässt sie weinen. »Mimi«, murmelt er in ihr Haar. »Meine gute Mimi.«

Wenn sie sich doch nicht so ohnmächtig fühlte. Wenn sie Jakob Hirsch hätte helfen können, so wie er ihr geholfen hat. Gutmachen will sie es, wenn die Hirschs wiederkommen. Später. Ganz bestimmt. Wenn es mit den braunen Verbrechern vorbei ist.

»Die stürzen uns noch in einen Krieg, die Nazis, so, wie die sich aufführen, diese Verbrecher.« Willi ist außer sich, als er erfährt, dass man die Hirschs fortgebracht hat.

»Krieg? Junge, sag so was nicht.« Mimi überläuft ein Zittern. »Das darf nicht sein. Bloß nicht noch einmal Krieg! Nein, bloß nicht noch mal.«

Die dunklen Zeiten …

Auch Änne bleibt nicht verschont.

Mimi sieht es ihrer Tochter an, sobald sie zu ihr in die Küche kommt. Die Verzweiflung in Ännes Augen.

»Doktor Stern ist nach Paris geflohen.«

»So schlimm ist es für ihn geworden?« Mimi fühlt eine Schwere auf der Brust.

»Letzte Woche hat man ihm die Station weggenommen. Dabei sollte er doch Oberarzt werden. Wenn nicht die Nazis … Mein Gott!« Änne schlägt die Hände vors Gesicht.

»Die Hirschs. Und jetzt Doktor Stern«, murmelt Mimi.

»Sogar Morddrohungen hat er gekriegt.«

»Aber jetzt ist er hoffentlich in Sicherheit«, will Mimi trösten. Die Tochter und sich selbst.

»Ja. Hoffentlich ist er in Sicherheit. Aber so traurig war ich noch nie.« Ännes Schluchzen geht in leises Wimmern über.

Sie ist in ihn verliebt, meine Änne, denkt Mimi.

»Ich liebe ihn. Hätte ich doch bloß mit ihm gehen können.« Änne wischt sich die Tränen weg.

»Und das wollte er nicht?«, fragt Mimi vorsichtig.

»Dass wir warten müssen, hat Noah gesagt. Dass er mich nicht mitnehmen will in so viel Ungewissheit. Dass wir warten müssen, bis die Vernunft wieder siegt in Deutschland.«

»Vernunft?« Mimi rückt auf dem Sofa ganz nah an ihre Große heran. Streichelt ihr das Haar.

»Rassenschande nennen sie es, mein Gott«, flüstert Änne. »Noah meint, die Nazis würden über kurz oder lang die Heirat zwischen Juden und Christen bestimmt verbieten.«

Die dunklen Zeiten sind nie vorbei. Nie. Nie.

Wenn Mimis innere Stimme doch bloß still wäre!

Endlich still!

Mimi ruft sich Jakob Hirschs Worte in Erinnerung.

Es wird wieder anders in Deutschland.

Daran glaube ich fest.

Die Barbaren können nicht für immer die Oberhand behalten.

»Nein«, sagt Mimi laut. »Die Barbaren können nicht für immer die Oberhand behalten. Das können sie nicht! Jakob Hirsch hat fest daran geglaubt. Und das müssen wir auch, Änne. Fest daran glauben.«

»Wenn ich es doch könnte«, sagt Änne kaum hörbar. »Wenn ich es nur könnte.«

Als Mimi abends zum Hühnerfüttern geht, bleibt sie lange an dem Feldweg stehen, der zur Zeche *Robert Müser* führt. Hier hat Heinrich in der ersten Zeit seiner Krankheit so oft gestanden und zu *Heinrich Gustav* hinübergeschaut.

Wie dunkel seine Tage damals waren. Und wie viel heller sie dann wieder geworden sind.

Mimi sieht die Umrisse des Förderturms.

Hört Kohlenwagen aneinanderknallen.

Hört die Schachtsirenen.

Rauchfahnen verdunkeln den Himmel.

Bergleute laufen mit ihren Bündeln an Mimi vorbei zur Schicht.

Ihr Ruhrgebiet.

So kennt sie es.

So war es immer.

Unvorstellbar, dass es je anders werden könnte.

Auch wenn etliche Zechen stillgelegt und durch größere, moderne ersetzt worden sind. Auch wenn der Presslufthammer längst die Keilhaue abgelöst hat. Auch wenn der Weltkrieg noch immer nachwirkt.

Auch wenn die Nationalsozialisten wüten.

In der Erde unter ihr die Sumpfwälder, die vor Jahrmillionen entstanden und zu Steinkohle geworden sind, wie Änne es ihren Geschwistern als Kind vorgelesen hat.

In der Erde unter ihr. Wie viel ist dort geschehen, woran Mimi keinen Anteil hatte, und das doch mitbestimmend für ihr Leben war. Der Feuertod des Vaters. Heinrichs erster Unfall.

Mimi sieht einer Gruppe von Kumpeln nach, die in den Feldweg eingebogen sind. Jeden Tag aufs Neue riskieren sie ihr Leben. Wir brauchen Bergleute, weil wir die Kohle brauchen, denkt Mimi. Und wir brauchen Menschen wie Doktor Stern und Jakob Hirsch. Wie Plascha und ihre Geschwister. Wie Ziska und Konrad. Sie alle gehören hierhin.

Morgen will Mimi bei Plascha vorbeischauen.

Morgen will sie Ziska schreiben.

Langsam geht Mimi weiter zu ihrem Garten.

Nachdem sie die Hühner gefüttert hat, setzt sie sich vor die Laube. Nur einen Moment so bleiben. Still. Nur einen Moment.

Sie schließt die Augen.

Wie die Amsel singt.

Wie die Rosen duften in der warmen Abendluft.

Lassen wir Mimi eine Weile ausruhen.
Sie muss Kräfte sammeln.
Denn zu Ende ist ihre Geschichte nicht.
Wie auch ihr Leben weitergeht.
Wir Heutigen wissen,
was Mimi in ihrer Laube nicht einmal ahnen kann.
Lassen wir Mimi die Amsel. Die Rosen. Die Stille.
Mimi hat es verdient.
Lebensgeschichten brauchen Zeit.

Gern senden wir Ihnen unser Gesamtverzeichnis
Verlag Henselowsky Boschmann
Literaturversorger Ruhrgebiet
Postfach 10 02 31 · 46202 Bottrop
post@vonneruhr.de · www.vonneruhr.de